ハヤカワ文庫JA

〈JA1464〉

大日本帝国の銀河 1

林　譲治

早川書房

8613

目次

大日本帝国の銀河1

プロローグ

一九三六年六月一九日・海拉爾

　ハイラル（海拉爾）は興安北省にある満洲国の都市であった。海軍技術研究所の谷恵吉《たにけいきち》郎《ろう》造兵中佐は満鉄の車窓から一面に広がる草原に、完全に距離感を失っていた。

　どこまでも続く平原には、起伏もなく、時として汽車が止まっているような錯覚さえ覚えた。

　じっさいハイラル周辺は平地ばかりが続くため、地元の人間は日本では丘で通るような場所を山と呼ぶらしい。

　技術者として近年の機械力の進歩を信じる谷だが、それでもハイラルは遠い。

　東京から下関まで一日弱、下関から釜山《プサン》まで船で半日、そこから奉天までさらに一日。奉天からは特急あじあ号に乗り換えれば、八時間でハルビン（哈爾浜）に着き、そこからハイラルまで急行ひかりで九時間だ。

なんだかんだで東京から鉄道と船を乗り継いで四日の旅程である。飛行機なら一日で移動できる距離なのだが、谷一人ならまだしも、実験機材と人員を飛行機で移動させるのは許可されなかった。

むしろ特急あじあ号に乗れただけでもよしとしなければなるまい。

「よし、全員、作業にかかれ！」

ハイラルで急行を降りた谷と部下たちは、それまでの背広姿から海軍の軍服に着替え、手配していた業者から三両のトラックを借り入れて、機材を載せる。積み込みと展開は、日本国内で何度か訓練している。時間は限られているので、一分一秒と無駄にできない。

訓練の甲斐あって、作業は時間内に終わった。三両のトラックは、日本海軍の車両であることを示す旗を掲げながら前進する。

トラックの配送業者でもある日本人の運転での移動となる。谷も自動車の運転はできるが、この草原だけの土地で迷わずに目的地に到達できる自信はない。

「ハイラルにはやはり要塞の関係で？」

悪気はないのだろうが、そんな話を振ってくる運転手に、谷は一言、「軍機だ」とだけ述べる。確かに嘘は言っていない。そして車内の会話はそれで終わった。

ハイラルは、国境の町である満洲里からも一五〇キロしか離れていない。内蒙古への入口となる都市である。

関東軍は対ソ戦を意図して、二年前よりハイラル近郊に大要塞を建設していた。正確にはハイラル近郊というよりも、ハイラルを囲むように五つの陣地を配した要塞である。

しかし、要塞はまだ工事中であった。谷造兵中佐らが実験機材を積んだフォードのトラックで現場に到着したとき、すでに関東軍の入江《いりえ》信夫《のぶお》大尉が部下と共に待っていた。

親切で待っていたというより、海軍技術士官といえども、部外者は必要以上に要塞の建設現場に近づかせないという強い決意のようなものが窺えた。

これは、この場所での実験観測にあたって「観測隊には日本人以外の研究スタッフは含めないように」という関東軍側の条件でも明らかだ。苦労して苦労して、山本五十六海軍次官より推薦状を書いてもらい、関東軍の手をわずらわせないという念書まで書いて、ここまで来たのだ。

「飛行機の手配は済んでおりますが、そちらは間に合いますでしょうか？」

入江大尉の態度は丁寧だったが、「早く実験とやらを終わらせて帰ってくれ」という裏面のメッセージは明確だ。陸軍の最高機密の要塞に、海軍とはいえ、胡乱《うろん》な機械類を持ち込んできた連中に長居して欲しくないのは谷も理解できる。自分たちをスパイと疑ってはいないだろうが、部外者というだけで警戒対象なのだろう。

「機械類は車載にしております。少しの準備で実験は可能です」

実験はすぐに終わりそうということで、入江は安堵したらしい。

「宿は新市街と伺ってますが、食事なら旧市街にいい店がありますよ」

入江は急にそんなことを言い出す。それだけ安心したということか。ハイラルは新市街と旧市街に分かれ、新市街はロシア式の、旧市街は中国式の建物が並ぶ。邦人はあまり旧市街には行かないと聞いていたが、入江はそれだけ土地に馴染んでいるということか。そうやって考えれば、実験に対する横柄な態度は、彼の責任感の強さゆえかも知れない。

じっさい四〇過ぎの谷からみれば入江は、息子は言い過ぎとしても、歳の離れた弟みたいな年齢だ。若くして要塞建設の一翼を担うことの気負いがあるのだろう。

「実験が終わったら、教えていただけますか？」

「案内しますよ」

そこで初めて入江大尉は笑顔を見せた。とはいえ谷造兵中佐も世間話をしている余裕はなかった。

荷台に積んである八木《やぎ》・宇田《うだ》アンテナを展開し、電波計測の準備に当たらねばならない。ここから一四〇〇キロ離れた北京でも仲間が同様の計測準備をしているはずだ。離れた距離で計測することは実験の重要な要素だ。

時計を確認し、谷造兵中佐は部下たちに最終確認を命じる。

「入江大尉、もうじきですよ！」

谷は確認用に設置した望遠鏡に入江大尉を手招きする。接眼レンズの先には一五センチほど離れた位置に金具で広げた画用紙が固定されている。そこには太陽の姿が映されていた。

「日蝕中でも太陽を直視しないほうがいいそうです。こうして間接的に見るのが安全だとか。大陸で任務に就く軍人にとって、目は重要ですからな」

さすがに陸士を卒業しているだけあって、入江大尉は金環食を観測するために煤《すす》で黒くしたガラス板を持参していた。他の兵士も同様のガラス板を持っているのは、今日の日蝕がここでも話題にはなっていたのだろう。

入江は煤けたガラス板なら直接日蝕を見ても大丈夫と思っていたらしいが、軍人には目が大事だと言われると、ガラス板をしまって太陽に背を向け画用紙を見つめる。

画用紙の太陽が欠け始めると、周囲の様子も変わってきた。青い空は急激に色を失い、灰色になっていく。周辺の草や木の陰が、欠けた太陽を幾つも地面に映し出す。

心持ち気温も下がった気がする。しかし、谷造兵中佐の目は、太陽ではなくトラックに積み込まれたオシロスコープの画面に向かう。

「電波が計測されました！」

別のトラックに乗る部下が大声で叫ぶ。そこでは広範囲な波長で電波の有無を確認する装置が計測中だ。

「造兵中佐、自分は日蝕の観測支援を命じられたのですが、日蝕はいいのですか？」

入江大尉は、海軍の技術士官たちが機械に向かうばかりで、誰一人、空を見上げようとしないことが不思議らしい。

「我々が観測しているのは、太陽光ではなく、太陽電波なんです。ですから、これが我々の日蝕の観測です」

谷はそう説明する。間違ってはいないが、正確とは言い難い。彼は海軍技術研究所で、電波通信の研究を行っていた。そして昨年からは特許庁の技術審査にも関わるようになっていた。外国の最新技術特許を審査するためである。

そこで彼が感じたのは、海外では極超短波を利用して、遠くのものを探知する技術が急速に発達しているという事実である。それは電離層の計測であったり、あるいは夜間に船船との衝突を避けるためのものであったりした。そうした中には、日本の海外航路用に売り込みをかけている業者もあるとの話も耳にしていた。

そうした世界の研究動向を目にして、谷造兵中佐は電波探信儀という装置を構想していた。後の世でいうレーダーである。

じっさい彼は技研の会議でこれを提案したが、「自ら電波を送信する探知機など闇夜に提灯《ちょうちん》を照らすようなもの」と否定的な意見で終わってしまう。いわゆる「闇夜に提灯論」である。

しかし谷造兵中佐は、電波探信儀の兵器としての可能性と重要性に確信を持っていた。そして彼の見るところ闇夜に提灯論とは、戦術論的裏付けがあるようなものではなく、主観的な意見としか思えなかった。

例えば横須賀の軍港を守るような用途なら、電波を出したところで、影響はない。そこに横須賀があることは既知だからだ。だが電波探信儀で敵を察知し、奇襲を阻止できるなら、多大な貢献をしたことになる。

だからこそ谷は海軍技術研究所に対して、闇夜に提灯論に対する偏見を払拭する必要性を感じていた。

そこで思いついたのが、太陽電波である。発想の元は、何かの学会で耳にした秋津とかいう天文学者の話だ。太陽のような恒星は電波を放射するが、銀河系にはそうした電波源が幾つもある。

天文学者の発言をそのときは気にも留めなかった。しかし、電波探信儀について頭を悩ませている中で、その発言を思い出したのだ。

巨大な電波源としての太陽は、地球に可視光以外の電磁波も照射している。だから可視光よりも波長の長い電磁波を活用できるなら、太陽電波の反射で飛行機や船舶を探知できるのではないか？

谷が遠路ハイラルまでやってきたのは、日蝕により可視光が遮断された中で、どのような太陽電波が活用できるかを計測するためだ。

すでに太陽の大半が月によって隠されている。ハイラル周辺の空は、先ほどまでの青空から嵐前の雨雲のような暗い灰色で覆われている。

「来るぞ！」

誰かが叫ぶと同時に、金環食の瞬間になった。ハイラル周辺は夜とは異なる暗がりに覆われる。太陽があった場所には、指輪のような炎の輪が見えた。この異変に驚いたのか、どこかで犬の叫び声が聞こえた。

谷の部下の何人かは写真撮影も行っている。アインシュタインの相対性理論により、光が太陽の重力で曲げられることを観測するためだ。

これは谷の研究にも関わる。例えば宇宙に適当な電波源が存在したとき、太陽の重力でそれは曲げられるはずだ。その時の波長の変化を観測しておけば、電波兵器に活用できる可能性がある。

金環食の他を圧する光景に、入江大尉や他の将兵も声がないようだ。次に日蝕を観測しようとすれば、あと七年は待たねばならない。

「監督官、来てください！」

電波を計測中のトラックから谷を呼ぶ声がした。それは極超短波の計測をしている部下だった。

「極めて指向性の高い電波が観測されています！　波長は……」

部下がダイヤルを調整する。その装置はセンチ波も受信できるスーパーヘテロダイン式である。谷もこの装置が必要になるとはあまり考えていなかったが、念のために持参したのだ。しかし、その判断は正しかったらしい。

「波長は二一センチ、一・四ＧＨｚ帯の電波です」

「波長二一センチか……」

谷造兵中佐には、その波長に聞き覚えがあった。例の天文学者から聞いた数字だ。水素から放射される電波の波長が確かそれくらいだったはずだ。

太陽は水素の塊というから、そこから波長二一センチの電波が輻射されていても不思議はない。しかし、この電波が自分の求めていたものなのか？

「発信源は太陽か？」

「方向は概《おおむ》ね太陽と思われますが……」

部下はハンドルを回転し、八木・宇田アンテナの向きを確認する。

「監督官、変です。太陽のわりと近くですが、太陽ではありません。方位角、高度いずれも一五度ほど太陽よりずれています」

「方位と高度で一五度のズレは小さくないぞ」

金環食のために、空には明るい星座がいくつか確認できた。谷造兵中佐は腕を伸ばし、アンテナが示す方向の星座を確認した。

「この電波、オリオン座からなのか」

1章　火星太郎

一九四〇年六月・和歌山県

「秋津先生、お弁当、持ってきました！」

そう若い娘に呼ばれた京都帝国大学の秋津《あきつ》俊雄《としお》教授は、反射的に後ろを振り向いたが、道路の方には誰もいない。

そこは和歌山県串本の、本州最南端の場所だ。秋津教授はその潮岬で、とある工事の指揮を執っていた。

潮岬は断崖絶壁となっている。少し向こうには灯台がある。彼がいるのはその絶壁の縁、高い場所だから視界を遮《さえぎ》るものは何もない。そこなら実験にも好都合だ。

「先生、下です、海岸ですよ」

助手の細川武志《ほそかわたけし》の指差す方では、小舟に乗った若い娘が手を振っている。

崖の下は砂浜と岩畳になっている。水深は浅いが小舟なら接近できる。その小舟は砂浜に乗り上げようとしているらしい。

「ったく、親父をなんだと思ってる」

そう言いながら棟梁の獅子威金造《ししおどしきんぞう》は、親はここだとばかりに崖の上から腕を振る。娘の梅子《うめこ》は、やっとそこで父親にも手を振った。

梅子は弁当を包んだ風呂敷を片手に、小舟から浅瀬に飛び込んだ。

「元気なご令嬢ですね」

「ご令嬢なんてご立派なもんじゃありやせんや。職人の娘でさぁ。礼儀作法を教えるつもりで女学校に入れてやっても、あの有様でさぁ」

それでも金造は愛おしげに娘を見る。秋津はこの潮岬で海軍の予算による実験を行おうとしていた。金造はここで、そのための施設工事を請け負っていたのである。

梅子が乗っていた小舟には、背広姿の男が四人乗っている。この辺では見かけない顔だ。役場の人間のようでもあるが、小舟を扱う手並は、なかなかのものだ。

いつもなら梅子は山側からやってくる。それが今日に限って、海岸からやってきた。確かに海からの方が距離は近いが、大工である金造の家に小舟などない。

海岸には崖の上まで作業用の通路ができている。通路といっても獣道よりはましな程度だ。そこを梅子はやってくる。

「父さんこれ、皆んなでって母さんから」

梅子は金造に大きな風呂敷包みを渡す。彼自身と作業に当たる職人二人分の弁当が入っている。それはいつものことだ。

「先生これ！」

梅子はもう一つの包みを秋津に渡す。それは梅子が作った弁当だった。

帝大教授ながら秋津はまだ三〇代と若い。老け顔の細川と並ぶと、秋津のほうが助手に間違えられたことも一度や二度ではない。

「いつもありがとう」

秋津は梅子から弁当を受け取り、工事現場のベンチの上で広げる。

梅子は職人たちの食事の世話をする母親の姿を見ているせいか、料理の腕はいい。竹製の弁当箱にはご飯の他に、出し巻き卵に昆布巻き獅子唐を鰹節で和えたものなどが並んでいる。

秋津にも妻はいるが、今は出産のために実家に戻っていた。彼も独身時代には弁当くらい自分で作っていたものだが、金造から妻の帰省を聞いたのか、今は梅子が弁当を用意してくれる。

「僕の分は？」

「細川はこれ」

梅子の態度は秋津と細川では天地ほども違った。弁当も細川には握り飯だけだ。金造も梅子を毎度窘《たしな》めてはいるのだが、どうも初対面の時に細川が梅子を小学生と間違えたことがこういう差になっているらしい。

それでも細川が礼を述べると、会釈くらいは返す。根は素直なのだろう。

「梅子くんは、高等女学校の四年だっけ？」

秋津は尋ねる。高女の生徒に弁当を用意してもらうのは、どうにも申し訳なく思うのである。

「いえ、先生、五年です。私、奈良女高師に進もうと思うんです」

「ほう、それは凄いな」

奈良女高師とは日本では数少ない女子高等師範学校で、教職員の養成機関である。少し前までは梅子は高女を卒業後は赤十字看護婦になると金造から聞いていたのだが、その辺は本人の意思というより父親の希望だったのかもしれない。

秋津の妻である妙子《たえこ》も女学校卒だが、知識欲の旺盛な女性で、知り合ったときは京都の女子専門学校の学生だった。実家が商家という育ちの良さのためか、天体とか自然科学などの浮世離れしたものが大好きという少し変わった女性だ。

だから妙子は、天文学などという一文の得にもならない秋津の研究を熱心に聞いてくれた。

「家にいて帝大教授の聴講生になれるなんて贅沢ね」

などと妙子は秋津に冗談めかして言うが、時々それで自分と結婚したのかと思うこともある。

義両親の秋津に対する態度も微妙である。娘が京都帝大の教授に嫁いだというのは家名の誉《ほまれ》と思っているらしいが、その専門が天文学という「何の役にも立たない」学問というのが、商家の人間には引っ掛かるようだ。

ともかく結納《ゆいのう》の時に漏らした義父の「妙子の相手なら仕方ないか」という言葉が秋津には忘れられなかった。

実際問題として日華事変も三年目の昨今、天文学に対する世間の目は厳しさを増している。大学でも軍事教練が去年から始まった。中元やお歳暮もすでに廃止されている。

そうした中で、およそ戦争とは無関係な天文学を続けることは、時に非国民扱いされることもある。帝大の科学者なら、敵軍を木っ端微塵にするような新兵器の研究でもしろというのが世間一般の認識だ。

これは世間一般の空気であるだけでなく、すでに目に見える形で現れている。

天文学者の中には、「もっと国防に役立つ」研究に転向しろと言われるものがおり、そうでなくても予算削減は珍しくない。

そういう世相にもかかわらず、秋津教授の研究予算が倍加されたのは、彼の研究が軍事研究と認められたためだった。

秋津は以前から望遠鏡で天体観測をしても欧米には勝てないだろうと思っていた。光学望遠鏡では欧米に世紀単位の蓄積がある。そこで日本が割り込んだところで、追い付けたとしても追い越せまい。

秋津が目をつけていたのは、天体を電波により観測することだった。彼がこの着想を得たときには、無線技術も未発達で、まだ誰も天体の電波観測には成功していなかった。

だからこそ秋津は世界初の宇宙電波傍受を成功させようとしたが、その栄誉は昭和七年、つまり今から八年前にアメリカ人のカール・ジャンスキーに与えられることとなった。

しかし、このことは秋津を落胆させるよりも、むしろ喜ばせた。自分の理論と方向性の正しさが証明されたためだ。

彼は自分の研究のために天文学とは畑違いの電気通信学会などにも参加し、海軍技術研究所の谷造兵中佐と知遇を得たのもこの頃だ。

彼が今この潮岬で実験施設を建設しているのも、谷造兵中佐の論文の影響が大きかった。昭和一一年六月の満洲で、彼は皆既日食の観測中に、オリオン座の方向から波長二一センチの指向性の強い電波を傍受したというのだ。

谷造兵中佐の本来の観測目的は軍事技術関連だったらしく、論文が公開されたのは二年前であった。しかし、秋津は谷造兵中佐を海軍技術研究所まで訪ねたりして、その詳細を知った。

そして彼は宇宙からの波長二一センチの電波を観測する専門施設の建設を計画し、稟議書を書き、必要な提出書類を書き、予算が認められ、昭和一五年の今日、やっと建設に着手できたのだ。

電波天文台と、秋津は自分の研究施設を呼んでいたが、当局に提出した書類では「極超短波による探知研究施設」と書いていた。これは「時局を考えるなら電波天文台では予算は下りないだろう」という谷造兵中佐の助言もあった。彼は「軍事研究であると説明すれば予算は下りる」と主張し、必要なら自分も一筆書くとまで言ってくれた。

谷としては、技研だけでは電波探信儀の研究は自由にできないため、秋津の研究も保険の意味で進めさせる狙いがあったようだ。

ともかくこの潮岬に建設中の直径六メートルのパラボラアンテナ二基は、電波天文台ではなく、電波探信儀研究のものとされ、予算と機材が割り当てられていた。

同業者の悲哀を知っている秋津としては、予算がついたことを手放しでは喜べなかったが、軍事予算の潤沢さは見せつけられる思いがした。

考えてみれば和歌山の温泉地や観光地は、戦時下ながら盛況であった。「産業戦士の慰安」と称して、軍需産業関連の人々が観光地をおとずれているからだ。

公的には歌舞音曲は禁止のはずだが、軍需工場の産業戦士のためなら観光地の門戸は開かれている。戦時体制で経済が統制されている中でも、軍需部門だけは資源が約束されていた。そして秋津の電波天文台もそんな流れの中にあるのだ。

もっとも、ことを深刻に考えているのは研究室では秋津だけらしい。助手の細川などは、研究室が軍事研究に関わっていることを喜んでさえいた。親戚や近所への受けがいいというのだ。

それに日華事変が一向に解決しそうにない状況では、大学関係者といえども徴兵の対象にならないという保証はない。それこそ天文学などやってるような連中は真っ先に徴兵されよう。

しかし、ここで秋津研究室が軍の研究機関に連なるとなれば、そこの人間は徴兵対象から完全に外れる。

詳しいことは知らないが、細川家では縁談が進んでいるらしい。地主の娘だが、「帝大の助手のくせに天文学」という点で、先方の不信を買っていたという。それが「軍の研究に従事している」ということで、すでに結納も終わったらしい。

ことほど左様に、昨今では「星と桜（陸軍と海軍の意味）」に関わることで羽振りがよくなり、社会的信用も高まるのだ。秋津自身は実学とは程遠い天文学者のままなのに。

「あっ、先生、あそこの人たちが先生を待ってます。弁当を食べ終えたら来てくれって。海軍の人で、先生の知り合いだって」

梅子が示す崖下の砂浜には、先ほどの小舟が乗り上げてあった。背広の男四人は、小舟を囲んでいる。よく見れば船首に小さく錨のマークが描かれていた。秋津の記憶通りなら、あれは海軍の内火艇だった。軍艦と陸上の間で人間を運ぶ船だ。

谷造兵中佐との関係を考えたら、海軍の人間が自分に会いに来るのは不思議ではないが、海から来るというのはよくわからない。それに四人の男に見覚えはない。そもそもこんな真似をしなくとも会いにくる方法は幾らでもあるだろう。

なるほど身のこなしは軍人のようだ。三人は内火艇の操船をする人間で、彼らに命令するのが残り一人だ。梅子が言う、秋津に会いたがっている男というのが彼らしい。

遠目だが、秋津はその男にどことなく見覚えがあった。しかし、名前が出てこない。

三人に内火艇を任せ、男は秋津が弁当を食べ終わるのを待っているようだ。気を使っているつもりだろうが、待たれていると思うと、飯も喉を通らない。

「先生、何ですかね、あの連中？」

細川は握り飯片手に、崖の上から男たちを見る。

「ともかく、先方は私と話をしたいらしい。ちょっと行ってくる」

「私もついて行きましょうか？」

「細川君は、ここにいたまえ。話をするだけだ。逆に何かあったとして、君がいてもどうなるものではないだろう。

むしろ、そこから我々の様子を見ていてほしい。人が見ている前で、おかしな真似はしないはずだ」

秋津は小舟で命令する男が、どうも知っている人間である気がして仕方がない。だからさほど警戒感は抱かなかった。

弁当を食べ終わると、ついて行くという梅子を押しとどめ、秋津は崖から砂浜に下りて、小舟に向かう。

「秋津俊雄君、久しぶりだな」

例の男が親しげに手をあげる。

「忘れたか、まぁ、かれこれ二〇年も前だからな。俺だよ武園《たけぞの》だ、武園義徳《よしのり》だ」

武園義徳の名前で、秋津もある男の顔が浮かんだ。

「兵庫県立鳳鳴中学校で一緒だった、あの武園か！」

秋津は思わず武園の手を握る。

「ってことは、海兵に合格したのか！」

「おかげさまでな、今はこう見えても海軍中佐だ」

「えらい出世じゃないか！」

そう喜ぶ秋津を武園は窘める。

「海軍中佐は高等官四等、お前は帝大教授で高等官一等だろうが。出世なら、秋津、お前の方だ」

こいつは変わらないな、という目で武園は秋津を見た。

「それで、こんなところに内火艇でわざわざやってきて、何の用だ？　そもそも梅子ちゃんとはどこで？」

「大したことじゃない。お前が居候《いそうろう》している獅子威棟梁の家に行ったら、弁当を運ぶという彼女がいたので、案内を頼んだってだけだ。

海軍の公務と説明したら、ちゃんと案内してくれたよ。なかなか利発な娘だな」

「それで、用件は？」

「とりあえず乗ってくれ」

そう言うと武園は秋津を促す。すでに部下たちは内火艇を再び海に押し出している。


秋津が乗せられた内火艇は駆逐艦の搭載艇であった。洋上にただ一隻停船している一等駆逐艦には、前部煙突部の左舷側に舷梯が下ろされていた。内火艇はそれに接舷し、最初に武園の部下が飛び移り、秋津が移るために手を貸した。こうして全員が乗り込むと、搭載艇は収容され、ほぼ同時に一等駆逐艦は動き出す。

内火艇の三人は、すぐに海軍の制服に着替えていたが、武園は背広のままだ。

秋津は駆逐艦内の二人部屋の一室をあてがわれた。同室者はいないが、勝手に出歩かないようにとは言われていた。用があったら、ドアの前にいる水兵に言えばいいらしい。それは武園の部下の一人だった。つまり従卒であり監視役だ。

秋津も駆逐艦は初めてだが、部屋に案内されるまでの移動の中で、自分が厚遇されていることはわかった。狭い艦内に一〇〇人から二〇〇人ほどの人間がいるわけだが、その中で二人部屋というのは海軍士官でも上の方の住居らしい。

部屋には丸窓があり、外を見ることができた。艦首波の起こす航跡が見えたが、そこから推測すれば二〇ノットは出ているだろう。もっとも秋津のその辺の知識は和歌山の漁船のものなので誤差はあるだろうが、少なく見積もっても一〇ノット以上出ているのは確かだ。

太陽の位置と時刻から考えて、この駆逐艦は潮岬を北東に移動しているらしい。だとすると目指すのは東京か、横須賀、横浜、その辺りだろう。

仮に二〇ノットで移動しているなら、二四時間の航海で目的地周辺に到達するはずだ。秋津はしばらくは、そうやって現在の正確な位置と、駆逐艦の針路と速度を割り出す作業に没頭した。

室内には本はもちろん新聞さえ置いていないのだ。部屋の前の水兵に言っても、「そうしたものはありません」と返された。ならば時間を潰すとしたら、計算くらいしかない。

あとは武園が自分を招いた理由だが、そちらに至っては皆目見当がつかない。

秋津の記憶では、一等駆逐艦の艦長は海軍中佐の職らしい。しかし、武園はこの艦の艦長ではない。

つまり武園は、同じ階級の駆逐艦長に命令なり依頼をできる立場となる。役職として駆逐艦長より上ならば、海軍省か軍令部の人間だろう。

そうした推測はできるのだが、それはむしろ謎を深める。海軍でも中央官衙《かんが》に所属する人間が、どうして自分に会いに来るのか？　唯一の可能性はやはり電波天文台がらみだろうか？　しかし、それも考えにくい。

たとえば軍事研究で予算を獲得して、何も軍事的な成果を出していないことを論難されても、施設が建設中では研究ができるはずもない。それに研究計画はすでに出してある。この段階で成果が出ないことはわかっているはずだ。

考えれば考えるほどわからない。そもそも海軍がわざわざ駆逐艦を出すほどの影響力が自分にあるとは思えない。

夜になると食事が出た。運んできたのは外にいる水兵だが、彼と共に海軍将校の制服になった武園も入ってくる。水兵は士官室の小さなテーブルの上に食器を並べる。

飯に漬物、そしてすき焼きだった。水兵によると、今日の駆逐艦の夕食と同じ献立だという。さすがに秋津だけ別献立というほど大物扱いではないようだ。

「明日の朝の献立は飯、味噌汁、イカの佃煮だそうだ」

武園はそう言うと、うまそうにすき焼きをほおばる。

「そんなことより、僕に何の用だ？　何が目的で、こんな真似をする！」

武園は、そうした秋津の反応を予想していたのか驚きもしない。

「もちろんお前でなければ頼めない、いや、お前でなければできない用件だ。ただ、問題の性質を考えると、お前には先入観を持って欲しくない。だから詳細は話せない」

「明日の昼、横須賀に着くまで話せないということか」

秋津がそう言うと、武園の箸が止まる。

「どうして、横須賀到着が正午の予定だとわかった？」

「さぁな、天文学者を甘く見るなということだ」

武園はそれを聞くと、満足そうにうなずいた。

「どうやら俺の人選は正しかったようだ」

しかし、秋津はそんな武園に腹が立ってきた。

「天文学者なら、これくらいのことは誰でもできる。わざわざ俺を誘拐同然で連れてくる必要はない！」

武園は、そこで秋津にやっと向き合う。

「詳しいことはここでは言えん。言えるのは、これが帝国の命運を左右するかもしれないということと、お前を選んだのは天文学者としてではないということだ」

それには秋津も驚く。

「天文学者としてではないとは、どういうことだ？」

「白銀河博士とはお前だろう。例のあれだ、ほら、妄想不信心小説の作者、白銀河博士だよ」

「空想科学小説だ！」

「何が？」

「妄想不信心小説じゃない！　空想科学小説だというのだ！」

「ってことは、お前が白銀河博士なわけだな、やはり」

武園は笑い出す。しかし、秋津はそれどころではない。彼は天文学者の傍ら、後の世で言うところのＳＦを少年少女向けの雑誌に書いていた。

元々は「最新の天文学について知りたい」と言う愛妻の妙子のために、読み物として書いていたものだ。そんなのが一〇篇ほどたまったところで、妻が知人の編集者に持ち込んで、そこからはとんとん拍子に話が進んで白銀河博士の誕生となった。

帝大教授というのが知れると色々と面倒なので、建前では白銀河博士の正体は妙子ということになっている。編集者もそれを信じているようで、「尋常小学校や女学校から白銀河博士の小説で天文を学びたくなりました」という手紙が届いているとも聞いた。

「どうしてわかった、大学はおろか担当編集も知らないのに」

「お前は、自分が小説同好会でどんな筆名を使っていたのか覚えてないのか？」

そう言えば、妻に「筆名はどうします？」と問われて、咄嗟《とっさ》に中学時代に使っていた白銀河博士という筆名を口にしたのだった。

「筆名だけで断定するのは早計ではないのか？」

秋津は悪あがきしてみる。武園の筆名も言ってやりたかったが、思い出せない。

「むろん筆名だけじゃない。白銀河博士の妄想……空想科学小説を単語レベルまで分解し、単語毎の使用頻度と接続詞のつながりなどを統計分析し、中学時代のお前の作品と同様の比較をしたんだよ。高い確率で両者は一致だ」

「そんなことをしてるのか？」

秋津は、武園が自分の筆名を特定するために、単語レベルの統計処理を行なったことが信じられなかった。理屈は無論わかるが、海軍将校がそんなことをするとも思えない。

しかし、武園は「そういう仕事だ」と言うだけだ。

「話を戻せば、お前を選んだのは、俺の知り合いという点で身元が確かなことと、白銀河博士であるからだ」

武園はそれで説明は十分と思ったのか、それ以上のことは言わなかった。現役の海軍将校が出てくるのだから、国防上の何かなのだろうが、秋津の専門は天文学、ここで壁に突き当たる。

「別にお前に超新兵器を開発しろとは言わないからな。お前の小説に登場するマイクロウェーブで悪漢を退治する電波銃が開発できるなら別だが」

武園は畳み掛けるようにそう言った。先入観を持たせまいということらしいが、先入観は持たないが妄想だけは膨らむ。

そこから先は中学時代の話になる。秋津がこの駆逐艦が明日には横須賀に到着することを言い当てたことで、武園にかなり警戒されてしまったようだ。

そうして駆逐艦は概ね正午前に横須賀の軍港に到着した。武園は、駆逐艦が桟橋に接舷すると現れた。

「言い忘れていたが、お前が公務で出張というのは、大学や家族には伝えてあるから心配するな」

「それは数日は帰宅できないということか？」

「まぁ、それは状況次第だな。昼飯は目的地についてからだ」

武園に促され、秋津は駆逐艦の甲板に出る。驚いたことに、駆逐艦は桟橋に直《じか》に接舷していたのではなく、同じような駆逐艦が二隻挟まっていた。

駆逐艦と駆逐艦の間にはゴム製のドラム缶のような防舷材が挟まっており、隣の駆逐艦へ行くには幅の狭い舷梯を渡らねばならなかった。

乗員たちは危なげなく渡ってゆくが、武園とその部下たちは、いささか足元がおぼつかない。海軍とはいっても艦隊勤務ではなさそうだ。

教育機関であるはずの大学で、自分の研究だけで講義は全くしない教授もいるが、武園もそんなポジションにいるのだろう。

三隻の駆逐艦を移動し、桟橋についたら自動車が待っている。武園は部下三人に何らかの指示を出し、自分と秋津だけが乗ると、運転手に自動車を走らせる。

「食事は？」

「その前に大事な公務がある。お前も京都帝大の教授なら、公務のために昼食が遅れるくらい我慢しろ」

昼食の内容から目的地を推測しようとした秋津だったが、武園にその考えは読まれていたらしい。

自動車はあちこちの道を行ったり来たりしていた。それは太陽の位置から方位を読めば容易に推測がつく。どうも横須賀市内を大きく回っているらしい。そうして何かの施設の裏口のようなところに出ると、門が開き、自動車はそのまま入った。

門の開閉はやはり水兵のような人間がしていた。移動時間だけは長かったが、おそらくここは横須賀の軍港近くの海軍施設だろう。

車を降りる直前、武園は秋津に名札を手渡す。そこには白川昭雄と書いてある。中学時代の担任の名前だ。専門は数学だった。

「ここから先は、お前は白川昭雄《しらかわあきお》だ。あの人の経歴その他は知ってるだろ。授業中、身の上話が好きだったからな」

「淡路島で生まれ、鳴門の渦潮に巻き込まれて危うく死にそうになったというあれか？」

「覚えているとはさすがだな。その調子で白川になりきれ」

ピンで背広に名札をつけながら、秋津は自分が何かスパイになったような気がした。

「何を考えているか知らんが、こんな小細工はすぐにばれるんじゃないか？」

「とりあえず、お前が白銀河博士とわからなきゃいいんだ」

海軍施設だからか、その建物への入場は厳重だった。海軍中佐の武園でさえ、荷物を徹底的に検査されたほどだ。手ぶらの秋津はその点では楽だったが、武園の荷物の中に拳銃が入っていたのには驚いた。さすがに拳銃は書類を書いて預けることになる。

向かったのは白いペンキ塗りの廊下が続く、学校を思わせる場所だ。そして秋津はある部屋に案内される。

ドアの前に表札のようなものがあり、そこには「火星」と書かれていた。

「じゃぁ、任せたぞ」

「任せたって何だよ」

秋津の抗議に、武園はただ一言。

「世間話をするだけでいい。話のわかるやつであることが重要だ」

武園に背中を押されるように部屋に入る。そこは壁を白く塗られた六畳ほどの個室だ。鉄製のベッドがあり、小さな椅子とテーブルがある。

ベッドの足元に小さなロッカーがあり、上にはコップと水差しが置かれている。どちらも金属製だ。割って刃物にするようなことを恐れているのか？

そのベッドに一人の男が腰掛けていた。ワイシャツに白い綿のズボンを穿《は》いている。少しだぶついているように見えるのは支給された衣服だからか。

身長は一七〇センチほどで、年齢は二〇代から三〇代前半。そこそこの二枚目に見えた。おそらく日本人だろうとは思うのだが、他国のアジア人でも通用する印象があった。

「どうぞ、そちらにお掛けください」

男は、流暢《りゅうちょう》というより自然な日本語で、テーブル前の椅子を勧めた。秋津はそれに従い、椅子にかける。

「白川さんはどちらからいらしたのですか？」

男が尋ねる。しかし、さすがに秋津も状況から、自分がこの男から色々と聞き出すことを期待されているのは予想がついた。

「私のことよりあなたの話をしましょう」

「なるほど、当然ですね」

男は秋津の態度に特に驚く様子もない。どうやら、すでに武園たちによって尋問が行われたのだろう。だが、人の小説を単語レベルまで分解して統計処理するような武園でも、この男からは必要な情報が得られなかったようだ。

しかし、だからといって空想科学作家に何を期待するというのか？

「白川さんは、軍人には見えない。肉体を鍛錬している様子もなく、歩き方も軍人とは違う。

そして、少なくとも軍人たちと同等以上の知性の持ち主だ。私としては喜ぶべきことでしょう。多少なりとも私の話を信じてくれたわけだ。火星からやってきたという話をね」

秋津が平静を装えたのは、冷静さを失わなかったからではない。話があまりにも予想外のものだったからだ。目の前に「火星から来た」という人間が現れたときに、どんな顔をすればいいというのだ。

普通に考えるなら、この人物の精神を疑うべきだが、そうした異常を持っているようには見えない。そもそもそういう疾患が疑われるなら、精神科医に委ねているはずだ。畑違いの秋津に出番はない。

にもかかわらず呼ばれたというのは、この男の発言の矛盾を暴けばよいのか？

「それで、火星を出立したのはいつですか、火星さん？」

秋津は男にそう尋ねる。地球にいつ来たのか、それは別に重要じゃない。重要なのは、「火星さん」と呼ばれたときの反応だ。

部屋の名札にあった「火星」とは、この男が「火星から来たと主張している」ことを意味しているだろう。

本名が明らかならそれが表記されるはずだから、この男の名前はいまだわかっていないことになる。つまり国籍も不明だ。

日本語ならこの状況で、「火星さん」と呼ぶことはさほど珍しくない。しかし、外国の人間が短期間で日本語を学んだだけなら、ここで「火星さん」と呼ばれることを素直に理解できないだろう。秋津はそれを確認しようとしたのだ。

だが、男は秋津よりもしたたかな返事を寄越した。

「さん付けはいりませんよ、白川さん。火星太郎と呼んでください。みんなそう呼んでいます」

「わかりました、火星太郎」

火星太郎はとてつもない妄想に支配されているか、あるいは天才的な詐欺師か何かではないか。秋津はそう直感した。なので正攻法で行くことにする。

「それで繰り返しになりますが、火星を出立したのはいつですか？」

「昨年の七月二七日頃です」

「ほう……」

火星太郎はそれ以上は言わないが、秋津はその返答に内心の動揺を抑えるのに精一杯だった。

昨年、昭和一四年七月二七日とは、火星が地球に大接近した時だからだ。この時は地球と火星の距離が五八〇〇万キロまで接近していた。火星の最接近時に移動するというのは筋の通る話だ。

もちろんそれは、火星太郎の話が理に適《かな》っているというだけで、彼が本当に火星からやってきたことを意味しない。それに火星大接近のことは調べればわかる。

ただそれでも、火星からやってきたという彼の証言を補強する情報を丹念に集めたとしたら、それは彼一人の力ではないのではないか。つまり火星太郎の背後には、彼の仲間がいることになる。

「それで地球は長いのですか？」

「長いか短いかは主観でしょうが、まぁ、一〇ヶ月は長いとは言えますまい」

火星太郎は落ち着いていたが、秋津は手帳を取り出すと、それと目立たぬように計算する。そう、火星太郎は初めてミスを犯した。致命的ではないが、瑕疵《かし》ではある。

しかし、秋津もいまはこの点を追及はしない。火星太郎により話をさせることが肝要だ。

「火星とはどんな世界です？」

秋津は続けて尋ねる。火星太郎は、そうした質問は予想していたのか、落ち着いたままだ。

「火星は、赤道面の直径が六八〇〇キロの、地球より小さな天体です。公転周期は約六八七日、地表の表面重力は地球の約三七パーセントです」

「それは火星の諸元であって、どんな世界なのかの説明ではないでしょう。私の質問は、火星世界がどのようなものかです」

火星太郎の表情がこの時、初めて動いた。それは何らかの驚きのようにも見えたのだが、何を考えているのか、そこまではわからない。

「その質問は無意味でしょう」

火星太郎は再び落ち着いた表情で言う。

「たとえば火星には壮大な大伽藍《だいがらん》がありますと僕が言ったところで、白川さんには確かめる術《すべ》がない。

逆に、火星は乾燥した世界であり、砂漠が広がっていると語ったとしても、それは地球の望遠鏡でもわかる話です。

なので僕の話が正しい事実と理解されたとしても、それは僕が火星に詳しい地球人なのか、火星からやってきたのかの識別は不能です。

要するに火星からやってきた人間しか知らない知識は地球人には判別できませんし、地球人にもわかる事実を提示しても、それは僕が火星から来たことの証明にはならない」

秋津は火星太郎の頭の良さを感じた。咄嗟にこうした論理を組み立てられるというのは、なかなかできない。

しかし、秋津は火星太郎の話から、すぐに反論の緒《いとぐち》は見つけていた。

「我らが火星を知らず、しかし火星太郎の証言だけで真偽を判定する方法はありますよ。

火星の空の色は何色です？」

「薄い赤ですね」

「なぜ、薄い赤色なのです？」

秋津の質問に火星太郎は、傑作と言わんばかりに軽く手を叩く。火星太郎は自分を火星人に思わせたいらしいが、どうも反応は人間のそれだ。

「白川さんは実に頭がいい。あなた方は火星の空を知らない。我々は知っている。ならば、どうして火星の空が薄い赤なのか、その理由も説明できなければおかしい。そして地球人でも、その説明の妥当性は判断できる。科学知識によって」

「それで、返答は？」

秋津は、火星太郎が見かけの好人物そうな表情とは裏腹に、なかなか強《したた》かな人間という印象を持った。端的に言えば詐欺師と話しているような印象だ。

詐欺師は言い過ぎとしても、議論の中で本筋とは違う方向に相手を誘導しようという意識は感じられた。

「火星大気はほぼ二酸化炭素です。レイリー散乱では大気は赤くなります。ただあのような薄い大気ではレイリー散乱よりも、大気中を漂う微細な砂塵によるミー散乱の影響の方が大きい。

ですが、どちらにしても空は薄い赤になる。もっとも砂嵐の前後では、同じ赤でも色調は違ってきますがね」

「なるほど」

秋津はすでに、火星太郎が火星人などではないことを確信していたが、彼への興味はむしろ強まっていた。

極めて頭の回転が速い一方で、自分を火星人と主張するなど、一般常識に抜けている部分もある。ただし、精神に異常があるわけではないらしい。そうであれば海軍は彼を専門病院に送っているはずだ。

火星太郎がどういう経緯でここにいるのかはわからないが、海軍が特別扱いしていることと何か関係があるのかもしれない。ここで秋津は最前の火星太郎のミスを指摘する。

「火星太郎、君の先ほどの話からすれば、去年の火星大接近の時に火星を出発して、約一ヶ月で地球に到着したことになる。

昨年の大接近でも地球と火星の隔たりは五八〇〇万キロ以上ある。それを一ヶ月で移動しようとすれば、最低でも秒速二三キロは必要になる。

どんなに高速の大砲でも秒速一〇〇〇メートルが限界だ。砲弾の二〇倍以上の速度で移動する手段を君は持っているのか？」

　秋津の指摘に、火星太郎はちょっと驚いたような表情を浮かべる。しかし、それはペットが難しい芸をこなしたのを飼い主が見たときのような驚き方だ。それには秋津も苛立ちを覚えた。

「それについては、そうした乗り物でやってきたとしか言えません。あなた方の言葉で、その原理をうまく説明できる自信が僕にはありません。

　要するに先ほどの議論と同じ。僕の説明を判定できるだけの知識はあなた方にはない。だから下手な説明は誤解を招くだけです」

「まぁ、原理は説明できないにせよ、君は火星大接近の時に毎秒二三キロ以上の乗り物で移動したわけだ」

「事実としてはそうです」

　秋津は獲物が罠にかかったと思った。

「火星太郎の話には、矛盾があるな」

「矛盾？　何がです？」

「毎秒二〇キロも三〇キロも出せる乗り物があるとして、それだけ高性能な乗り物なら、あえて火星から地球に向かうのに大接近の時を待つ必要はないだろう。航行時間が多少長引くとしても、火星から地球へは、いつでも移動できるはずだ。

まぁ、惑星の位置関係から航路は選ぶとしてもだ、滅多に起こらない大接近を待つ必要はないだろう。数年に一度の大接近の時を待って移動するのは、もっと速度の低い物体の場合だよ」

火星太郎は、秋津がそんな計算をするとは予想もしていなかったらしい。はっきりと表情に変化が見られた。

「それに君自身も認めたように火星には二酸化炭素の大気しかなく、しかも希薄だ。だが火星太郎、君はこの地球でちゃんと酸素呼吸をしているではないか。この矛盾をどう説明する？」

秋津は、火星太郎が何と返答するかを待った。「すいませんでした」と謝ったりはしないと彼は確信していた。何か意表をつくような論理を展開するのではないか。そう思ったのだ。

それはある部分で的中した。

「いや、白川さんは素晴らしい。ご指摘の通り、僕は火星からは来てませんし、むろん火星人ではない」

「つまり我々を騙していた？」

秋津はそう言ったものの、その我々とは何であるか、彼自身もわかっていない。武園は海軍将校だが、海軍における彼の担当部署レベルの話か、それとも海軍全体か、あるいは政府も関係するのか？　政府は大袈裟《おおげさ》とは思うものの、海軍官衙の一部門レベルという小さな話でもない。そんな気がするのである。

「それは解釈の問題でしょう。

まず僕が一〇ヶ月前に、宇宙を高速で移動する乗り物で地球にやってきたのは事実です。ただ火星からではないので矛盾が生じてしまった。

問題は出発点が火星と異なる点ですが、それを理由に騙したと言われるのは心外です。よろしいですか、白川さんは別として、世間一般の人に地球外と言っても正しく概念が伝わるでしょうか？　残念ながらそれは期し難い。

多くの地球人にとって、火星から来ようが、ハレー彗星から来ようが、あるいはそれがアンドロメダ星雲であったとしても、何の違いもない。

地球の外が宇宙という曖昧模糊とした概念であればこそ、たとえ火星人でも、宇宙から来たという僕が伝えたい概念は伝えられる。

むろんそれなら月人でも金星人でもいいわけですが、月は地球の文化にとって特殊すぎますし、金星は知名度が低い。そこへ行くと火星と火星人は小説の影響もあって、納得してもらい易いのですよ」

「それなら、火星太郎。君はどこから来たのか？」

「それは言えません。理由の一つは、僕がいた場所を地球の人たちは知らないからです。たとえば僕がムシラから来たと言ったとする。それに何か意味がありますか？　あなた方はムシラを知らない。ならばその真偽を確かめようがない。ちなみにムシラとはアフリカの地名です、ご存じですか？」

秋津は首を振る。火星太郎はそれに満足そうだった。

「地球の地名でさえ、知らないとなれば意味のない単語になるわけです。それに現下の状況で、僕がどこから来たのかを正確に伝えることは、僕にとってメリットはない。それは僕にとっての切り札となるかもしれない情報ですからね」

「なら、君は何をしに地球にやってきた？」

「それもまた同じことですよ。目的を理解するには、互いの知識が同レベルでなければなりません。

たとえば、僕は地球にケテリリに来たと言ったとして、それが真実であっても、白川さんがケテリリの概念を理解できないなら伝わらない。つまり言っても理解できません、そういうことです」

秋津は当惑した。火星太郎が火星以外の宇宙のどこかからやってきたという荒唐無稽な話を前提とすると、そこから先に矛盾はない。

妄想を抱いている人間なら、宇宙からやってきたことだけでなく、話の全体に矛盾があるはずだ。話の整合性を維持できないからだ。しかし、火星太郎にはそれがない。

つまり火星太郎の精神は正常ということになる。秋津としては、どうしても詐欺師という印象を払拭できないが、この男ならもっと巧妙な詐欺でも成功したはずで、明らかに嘘とわかる火星人と名乗る理由がわからない。

もっとわからないのは、海軍中佐クラスが秋津などを呼び寄せて、この男の尋問をさせていることだ。少なくとも中学時代の武園なら、こんな詐欺に騙されたりしないはずだ。

「火星から来たから火星太郎なのに、火星から来ていないというなら、本当の名前は何なのだね？」

火星太郎は、それを聞いて何か考えていた。

「地球の文化と我々の文化は、必ずしも一致していない。白川昭雄さんにしても、一〇〇年前、二〇〇年前の祖先は白川ではなかったかもしれない。逆に、白川さんの子孫は一〇〇年後、二〇〇年後には、まるで違ったルールで名前を名乗っている可能性だってある」

「いや、私は今の君の名前を知りたいのだが」

「喩えが悪かったですね。

僕が言いたいことは、時代の話ではなく、その人物が置かれた文化によって、名前は変わるということです。同じ惑星の同じ国でもです。

ならば異なる星の、異なる社会なら、名前のつけかたが根本から違うこともあるんじゃないですか。その、地球の人には理解できない名前の可能性も。あるいは地球人には発音も聞き取ることができない名前であるとか。受け手に理解できないものは、名前として機能しない。機能しない名前に名乗る資格はない」

秋津は、火星太郎の言い分には一理あるとは思いながらも、同時に、彼が名前を知られることをひどく嫌っているという印象を受けた。しかし、これも理解できない行動だ。

詐欺であるなら、適当な名前を言えばいいではないか。火星人でもないのに火星太郎と名乗っていたのはどこのどいつだ？　それとも彼には彼なりの論理があって、それで火星太郎と名乗ったのか？

「ならば君のいう地球の文化に則《のっと》って、火星太郎以外の適切な名前、あるいは呼び方は何だ？」

「それならばオリオン太郎と呼んでください。オリオン座の方からやってきたので」

2章　四発大型機

秋津によるオリオン太郎の尋問は、武園の登場で唐突に中断した。考えてみれば、二人の会話は盗聴されていたと考えるべきだろう。武園は、男が「自分はオリオン太郎だ」と名乗った直後に現れた。

「今度はオリオン太郎か……」

「あいつは何なんだ？」

そう詰め寄る秋津に、武園はついてこいと指で示す。そうして海軍の旗をバンパーにつけた乗用車に乗り込むと、車はどこかに動き出す。

もはやここがどこかを隠すつもりは武園にはないらしい。自動車は素直に舗装された道に出る。そこで秋津は、自分がいた施設が海軍病院であったことを知った。

どこに向かうか尋ねても、武園は着けばわかると言うだけだ。秋津を軽視しているというより、オリオン太郎のことで頭がいっぱいなのだろう。

「追浜《おっぱま》の飛行場か、向かうのは？」

秋津がそう言うと、武園は驚いたように顔を上げる。

「なぜわかる？」

今度は秋津が何も言わずに指で窓を示す。そこには海軍の練習機らしい機体が離発着している。横須賀近辺で練習航空隊が活動しているとすれば、追浜飛行場の近くと考えるのは不思議ではない。その飛行場の方角に自動車は向かっていた。

「お前には勝てんな」

そうして追浜の飛行場内にある陸上機用の大型格納庫についた。格納庫の扉は固く閉ざされ、着剣した小銃を持った水兵二名が、通用口の前で歩哨に当たっている。

歩哨は普通、着剣まではしないと聞いていたが、それだけこの格納庫は重要ということか。それは、武園でさえ身分証を提示しなければならないことでもわかった。

秋津については別に書類があるらしく、歩哨は書類と秋津の顔を見比べて、中に入る許可を与えた。格納庫内には、機密保持のためか飛行機が一機あるだけだった。

海軍式の全面銀色塗装の飛行機は、格納庫の中央におかれ、側には幾つもの足場が組まれていた。その様子は、建築中の建屋を思わせた。

そして機体の前後の足場にも、着剣した小銃を持つ歩哨が立っていた。

それでも秋津は、その巨人機に駆け寄っていた。そんな彼を歩哨が制止しようとするも、それは武園が制した。しかし、秋津はそんな周囲の動きも目に入らない。

彼は海軍航空に詳しいわけではないが、それでも海軍技術研究所などとの交流の中で、海軍の陸上機で最大のものが陸攻で、全幅二五メートルの双発機だと聞いていた。

しかし、目の前にある銀色の機体は違う。マーキングなどは彼の知っている海軍機のそれであるが、まず双発機ではなく、四発機であるところが最大の違いだ。全幅で四〇メートル弱はあるだろう。

全長にしても三〇メートル近くあるようだ。双発の陸攻と比較しても一回りは大きい。

「これは海軍の新型機なのか？」

秋津の知識によれば、ここには海軍航空技術廠《しょう》があったはずだ。海軍の新型機があっても不思議はないし、厳重な警戒の理由もわかる。わからないのは、それとオリオン太郎との関係だ。

「我が海軍の新型機かと言われれば、どう見てもそうとしか思えん。米軍あたりが解体調査すれば、そういう結論になるだろう」

武園は秋津の傍で、機体を見上げる。

「この四発陸攻の発動機は、中島飛行機の社内記号NBZ、誉《ほまれ》四一型、一三気筒二列星形の二六気筒、これで三〇〇〇馬力を叩き出す。空技廠の技術士官も絶句していた。細かく言えば誉四一型甲と乙。左右両翼で回転方向が違う。トルク相殺のためらしい」

「素晴らしいエンジンじゃないか」

秋津の記憶では、双発の陸攻でエンジン出力は一五〇〇馬力もなかったはず。それが倍以上ならまさに画期的だ。

「そう、素晴らしい発動機だ。だが、大きな問題がある。中島飛行機には確かに新型エンジンの開発計画があり、成功すればおそらくは誉と命名されるだろう。だがそれは先日、海軍から試作命令が出たばかりの発動機だ。なのでこの地上には試作品さえ存在しない。

現時点での試作品の番号は、従来のやり方を踏襲すればNK9になるらしい。それも二〇〇〇馬力級の発動機としてだ。

つまり、社内記号NBZで三〇〇〇馬力級の発動機、誉四一型などという発動機は存在しないのだ」

「しかし、現実に四発陸攻はここにあるじゃないか」

「そう、つまり素直に解釈すれば、この四発陸攻は数年後に生産される量産機と考えれば、辻褄は合う。だが、それだけだ」

武園の言う「それだけだ」の意味が、秋津にはすぐわかった。中島飛行機に誉という新型エンジンの開発計画があるとしても、将来誕生するであろう三〇〇〇馬力級エンジンが誉四一型という名称で、社内記号NBZとなる保証はどこにもない。

まるで数年後に開発された発動機が現代に時を遡ってやってきたかのようだが、むろんそうした結論に飛びつくのは馬鹿げていることは秋津もわかっていた。

秋津がそう考えたことが、武園にも伝わったのか、彼は言う。

「そもそも、こいつに乗ってきた奴は、未来から来たとは言っていない。奴は最初は火星から来た火星太郎、今はオリオン座の方からやってきたオリオン太郎と言っている」

「オリオン太郎の飛行機なのか！」

秋津は今更ながらに、オリオン太郎の周囲にある秘密主義の理由に納得がいった。空想科学小説家として、自分が呼ばれた理由にも。

「ことの発端はこういうことだ」

そして武園は、詳細を秋津に述べた。

武園によれば、それは一月ほど前の昭和一五年四月末のことだったという。彼は秋津に他言無用と宣誓書を書かせた上で話し始めた。

この時、横浜航空隊や空技廠では一二試艦上戦闘機（後の零戦）の試験飛行が行われていた。その前の三月一一日に試作機が空中分解したことから、徹底的な事故調査とそれに基づく改良機の試験が行われていたのである。

試験飛行中の戦闘機は、太平洋側から飛行機が接近するのが見えたと報告してきた。報告を受けた追浜の飛行場側は、当惑した。この日は一二試艦上戦闘機の試験飛行のために航空制限が出されていたためだ。つまり陸海軍機を含め、当該空域に飛行機が飛んでいるはずがなかった。

「機種はまだわからないが、四発機である。飛行艇ではないかと思われる」

無線電話の報告を受けた地上の関係者も、双眼鏡を当該方向に向けるが、何らかの飛行機が飛んでくるくらいしかわからない。ただ大型機なのは確かなようだ。目の良い人間は、戦闘機の報告と同様に、四発機だと言っている。

海軍で四発の大型機といえば九七式飛行艇があった。双眼鏡に見える大型機も概《おおむ》ね同じ大きさと思われた。塗装も海軍式の灰色もしくは銀色に見えた。

しかし、今日はこんな飛行艇が出動する計画はない。少なくともこの領域を飛行するような予定はないはずだった。

ここで一二試艦上戦闘機は、性能試験も兼ねて、その飛行機に向かった。搭乗員はそこで襲撃訓練の感覚を確認したかったらしい。しかし、彼はすぐに驚くべき報告をしてきた。

「当該機は海軍式の塗装を施し、機体番号を表記しているが出鱈目《でたらめ》である。スパイ機の疑いがある」

搭乗員にそれがわかったのは、横浜航空隊の所属機の記号であったためだ。こんな飛行機など存在しないことは、彼にはすぐわかったのだろう。そもそも日本海軍に四発の陸上機などない。

戦闘機は威嚇射撃を試みようにも、試験飛行のため弾倉に弾は装填されていなかった。だから、四発機の頭を押さえるように飛び回り、飛行場への着陸を促した。

四発機には大型の連装機銃が機首部の上下に、二基装備されていたが、それらは動き出すと、地上の人間たちの前で一二試艦上戦闘機に照準を定め、ごく短い射撃で撃墜してしまった。

四発陸攻はそのまま追浜の滑走路に着陸した。それがこの格納庫の機体であるという。

「一二試艦上戦闘機の試験と撃墜は、地上の多くの人間が目撃していた。

だからその四発機が着陸すると、すぐに警備隊や空技廠の人間が殺到した。

四発機は指揮所の呼びかけにも応じることなく、勝手に着陸した。そして降りてきたのが……」

「オリオン太郎だった？」

だが武園は秋津に向かって首を振る。

「オリオン太郎の仲間だ。驚くな、この四発機はたった二名で操縦されてきた。実際にはオリオン太郎は乗客だったから、操縦者は一名だけ」

「その操縦者は？」

武園は無念そうに言う。

「降りると同時に射殺された。本来なら認められるべき対応ではない。だが友軍の戦闘機が撃墜されたことで、警備兵の一部が頭に血が上ったらしい。あるいは怖かったのかもしれん。得体の知れない巨人機から降りてきた相手がな。

厄介なのはここからだ。順番は前後するが、銃撃を受けた直後、操縦者はまだ息があった。そこで海軍病院に運ばれたが、そこで死亡が確認され、そのまま解剖となった」

「それで？」

「解剖は、操縦者がどこの国の人間かを特定する何某かの証拠を期待してのものだった。

結果はとんでもないものだった。そいつは何国人かを論じる以前に、まず人間かどうかを論じなければならなかった」

「人間じゃなかったと言うのか？」

秋津は「宇宙戦争」を書いたH・G・ウエルズの火星人の想像図を思い出した。ウエルズの想像が正しいかどうかは問題ではない。重要なのは、同じ知的生命体でも環境が違えば全く形状が異なるという概念だ。

オリオン太郎が、自身が主張するように地球人でないとしたら、形状が地球人にしか見えないことが、彼が詐欺師だろうと判断する一つの根拠だった。

しかし、オリオン太郎の仲間を解剖したら人間と違ったとなれば、詐欺師説は根底から崩れてしまう。だが、武園の説明はそこまで歯切れの良いものではなかった。

「基本的に人間にあるような臓器はほぼ揃っているが、配置が異なる。また一部の臓器が見当たらず、逆に見慣れない臓器も若干あるという話だ。

ただ消化器があり、呼吸器があり、循環器系がある。この点では彼は人間と同じだ。

同様に骨格も、脊椎や肋骨、頭蓋骨などの大枠は合致するものの、細かい数や形状は異なる。ただ、外観では人との違いはまずわからないらしい。

それならば人間ではないのかと言えば、話はそれほど単純じゃない。帝大の執刀医によると、何万人に一人の割合で、臓器の奇形や配置の不整合の持ち主が存在するそうだ。ある種の特異体質らしい。

例えば何者かが、特異体質の人間を見つけ出し、火星人か何かと主張させるようなことは考えられる。内臓の作りが違うから地球の人間ではないと主張できるわけだ」

「武園、お前は、どう考えているのだ？」

「自分の考えか。奴はおそらく、八割二割で人間じゃない」

武園は、あまりそのことを口にしたくないという態度を隠さない。

「解剖の結果だが、もう一つ明らかになったことがある。操縦者の体内には機械があった」

秋津はそれを聞いても、最初は意味がわからなかった。というより、解剖したら機械が出てきたという状況が受け入れられなかった。

白銀河博士の空想科学小説では、片目が望遠鏡の怪人とか、頭の中に無線機を内蔵しているスパイを登場させたことはあるが、それとて手術して機械を取り付ける話だ。内臓の中に機械があるというのとは違う。

「執刀医の話では、フィルムのような透明の薄膜が何層にも重なった明らかに人工的な構造物があり、それが腎臓の補助をしているらしい。他にも人工的な結晶のような装置が、内臓諸器官に繊維を走らせているそうだ」

「解剖所見で他に特徴はないのか？」

武園はそこでやっと手帳を取り出す。

「これはどう解釈すべきか執刀医にもわからなかったのだが、体内に蛭《ひる》の死骸のようなものが五つ六つ認められている。

操縦者が生きていたときには、それらも生きていたのだろうが、発見時には半分溶けかけていたそうだ。参考意見としては、これらは寄生虫で、操縦員の生活していた環境に生息していたものかも知れないということだ。

ただ繰り返すが、これが意味するところはわからんらしい」

白銀河博士の小説では、悪漢どもが人跡未踏の秘境に秘密基地を作っていたりするが、それも小説の中での話である。四発爆撃機の工場の立地条件と、寄生虫に感染するような土地は矛盾するだろう。

「死体を見たくはないだろうから教えるが、操縦者はオリオン太郎とよく似ている。親戚と言っても通用するな」

「しかし、この巨人機をたった一人で操縦したのか」

秋津は改めて四発機を眺める。

「操縦者が射殺されて、オリオン太郎は両手を上げて降りてきた。その時は火星太郎と名乗っていたがな。

ただ、奴が火星太郎とかオリオン太郎とか、いい加減な名前を名乗るのも、それなりの計算があってのことだと自分は思っている」

「計算とは？」

「仮に奴が本当に地球の外からやってきたとしよう。だったら、どうして投降する時に両手を上げるなんてことを知っているのか？　しかも発動機にはＮＢＺとか誉四一型などと刻印がなされている。

重要なのはな、中島飛行機が本当にそういう発動機を持っているかどうかじゃない。三〇〇〇馬力級の発動機を開発したとしたら、その記号はＮＢＺであり、誉四一型と名付けるだろうという推測だ」

「つまりオリオン太郎は、そういう推測ができるほど、我々のことを知っているということか！　それを暗に伝えていると？」

秋津は、オリオン太郎の妙に自信にあふれた態度がやっと腑に落ちた。海軍は自分の言うことを信じるだろうとオリオン太郎が考えているのは秋津にも感じられたが、この巨人機が背後にあるからこそ、あの自信があったわけだ。

「それだけじゃない。すでに空技廠の技術者たちが大雑把な分析を行なったが、その結論は、現在の帝国の技術ではこの四発機は製造できないというものだ。三〇〇〇馬力の誉発動機だけではない。機体の制御は電気と油圧の二系統だが、その制御機構も今の我々には無理だ。

さらに一二試艦上戦闘機を撃墜した機銃だ。口径三〇ミリの連装機銃だが、陸海軍合わせてそんな機銃はない。しかも遠隔操作の動力銃座だ。

これらの装置の開発に、早くて五年、通常なら一〇年の時間が必要という分析だ。少なく見積もっても、オリオン太郎たちは技術で五年は進んでいる」

秋津はその意見に内心では同意できなかった。先ほどの尋問の時と異なり、いまは秋津も、オリオン太郎が本当に地球の外からやってきた気がしていた。

だが、本邦の、というより地球の技術力では、五年後に宇宙に進出できる装置を開発するのは無理だろう。

飛行機はレシプロエンジンで飛んでゆくが、空気が薄くなれば動かない。海外文献で見かけるジェットエンジンは、それよりも高速で、高高度を飛行できるが、それとて大気の中だけだ。

宇宙まで飛行できる装置としてはロケットがあるが、現状では小さな模型が飛行実験をしている程度で、人間を乗せるどころか人工衛星さえ飛ばせていない。

とてもではないが、これから五年でオリオン座方向のどこかの惑星はおろか、火星まで飛行できるロケットすら開発するのは無理だろう。五年が一〇年後でも同じだ。

だからオリオン太郎たちの技術水準は、自分たちより五年ではなく、五〇年でも足らず、一〇〇年、二〇〇年先を行っているかも知れないのだ。

これは一〇〇年前の人類を考えればわかる。蒸気機関車や蒸気船さえ幼稚な段階で、内燃機関もなければ、飛行機も発明されていない。

それだけの技術の進歩がこの一〇〇年にあったなら、次の一〇〇年で人類は宇宙にまで進出しているかも知れない。

そしてそんな技術をオリオン太郎たちはすでに持っている。この四発機など、そうした視点で見れば技術の出し惜しみとさえ言える。

もっとも、それでわかるのはオリオン太郎の技術水準であり、正体ではない。空想科学小説家の悪癖かも知れないが、オリオン太郎が未来からやってきた可能性さえ否定はできない。

だが武園は軍人として、秋津とは別の視点で問題を見ていた。

「オリオン太郎の正体も不明だが、それ以上に重要なのは奴の意図だ」

武園はそう言いながら、手のひらで四発機の機首を叩く。

「この四発機も画期的な性能だが、たった一機では戦略的にはほとんど意味がない。アメリカまで飛べるわけでもなく、爆弾が数倍搭載できても、それだけのことだ。

むろんこいつを量産できれば話も違うが、少なくとも五年は本邦にこれを量産する技術さえない。

そして五年後にこれを量産できたとしても、列強の航空機技術も同水準になっているなら、やはり戦略的な優位は獲得できない。つまり遅かれ早かれ、帝国海軍がこうした四発陸攻を開発したならば、この四発機も埋もれてしまうだろう。

そこまでわかった上での行動なら、奴は列強の軍事的均衡を覆《くつがえ》せるかのように見せかけているが、本心はそうではないことになる。しかし、現状維持を望むなら、こんな手の込んだ真似をする必要はないだろう。

そこがわからん。何か、胡乱《うろん》な意図があるとしか思えん。

しかし、それでもこの四発機が我が海軍にとって魅力的なのは確かだ。悔しいことにな」

秋津には武園のその考えは興味深いものだった。オリオン太郎の飛行機を軍人たちがそうした視点で見ているとは、少なくとも秋津の発想にはない。

「白銀河博士の視点で、この問題をどう見る？　どんな突飛なものでもいい。この四発機とオリオン太郎を説明できるのは、案外、空想科学小説の視点かもしれん」

武園がそこまで空想科学小説を評価しているとは、秋津には意外だった。おそらく評価しているというより、手詰まりということか。

「一つ考えられるのは、歴史への干渉だ。未来から進歩した飛行機を与えることで、歴史を変える場合だ。

軍事的には爆撃機一機など埋没すると武園は言うが、歴史を変えるつもりなら、その一機で十分だろう」

武園は歴史改変という話に明らかに面食らっていた。

「あぁ、白銀河博士の短篇にそんなのがあったな。未来人が過去の歴史を変えてしまったので、未来の自分もいなくなるとかそんな話。

オリオン太郎があの小説のように歴史改変を目論《もくろ》んでいたら、奴も未来にいなくなるか、そういうまずいことになるんじゃないか？　それをわかって、歴史を変えるか？」

確かに秋津は、白銀河博士名義でそういう短篇を地方紙に発表したことがあるが、一〇年近く前の作品まで旧友が読み込んでいたとは驚きだ。

「仮にオリオン太郎が未来から来て、自由に振る舞って歴史が変わらない合理的な解が一つある。

それは未来では人間はすべて滅び去っていて、その後で、オリオン太郎たちが現れた場合だ。人間の歴史とオリオン太郎たちの歴史が全く分断されているなら、彼らが人間がいる過去で何をやろうと、自分たちの歴史には何の影響もない。

この場合、オリオン太郎が人間にどれだけ似ていても、人間とはまったく別の存在となる」

武園は、秋津に意見を求めたのは失敗だったという態度を隠さない。

「この世に人間が一人もいなくなるなんて想定に何の意味があるんだ？　我々は国防の話をしているんだぞ。少しは真面目にやれ」

「だから考えられる仮説だよ。まぁ、オリオン太郎は未来人ではなかろう。そこまで歴史が断絶しているのに、あえて我々に接触する意味がないからね」

武園はそれには答えず、機首の下にある、小さなハッチを開く。そこは何か物入れになっているらしい。彼はそこから金属の板を取り出す。厚さで二センチ、縦横がそれぞれ一五センチほどだが、片手で楽に扱っているところを見ると、見かけよりはかなり軽いらしい。

「これが何かわかるか？」

武園が投げてきた金属板を、秋津はとっさに受け取ったが、確かにそれは軽かった。そして金属板の周囲には電線が伸びていた痕跡があった。一〇数本ほど根元から切断されているような断面がある。

「電気関係の何かか？」

「この四発機の防御火器、三〇ミリ連装機銃の制御装置だ。照準器を標的に向けると、相手の速度と方位を計測し、自分たちの速度に合わせて向けるべき方位に機銃を向けるという装置だ」

「ベクトルの計算機みたいなものか？」

「まぁ、そういう解釈もできるか。それで秋津、お前はこれが何でできているかわかるか？」

秋津は金属板を振ってみる。計算機であるなら歯車か何かの音が聞こえるかと思ったのだ。その様子に武園が言う。

「歯車などない。それは上部連装機銃の制御装置だが、下部連装機銃の制御装置は技研で解体した。

するとわかったのは、それが真空管の塊ということだ」

「真空管の塊？」

秋津の反応が予想通りだったのが、武園には嬉しいらしい。

「分析を担当した技研の谷造兵中佐によれば、一つの金属板に幾つもの穴を開け、絶縁体で電極を封印し、内部を真空にする。そうやって一〇〇近い数の真空管が組み上がる。そして印刷されたような抵抗器やコンデンサーが、ガラス板に組み込まれた回路基盤と結合される。それで制御装置が完成だ。

谷造兵中佐は集積真空管回路と呼んでいた。同じものを我々の技術で組み上げたら、図書館の本箱ほどにもなる。五球スーパーラジオが二〇台分の大きさに等しいからな。それが片手で持てる金属板に組み込まれている」

「やはり技術で五年は進歩しているわけか？」

秋津の疑問に対する武園の返答は、それほど単純ではなかった。

「谷造兵中佐によれば、自分たちの今の技術でも、同じものを五年以内に製造することはさほど難しくないそうだ。

ただし、それはこの制御回路という手本があればこそだ。この手本がなかったら、こうした形で真空管回路を集積化するという発想自体がなかった。おそらく五年後も、一〇年後もそうだろう。谷造兵中佐は、特許庁とも関係があるそうだが、日本だけでなく、他の国でもこんな発想はないらしい。

つまりオリオン太郎たちが何者であれ、我々とは文化や発想の根本が違う」

武園はそこで、足場に立てかけてある小さな黒板に図を描く。

「弾幕って言葉があるように、対空火器は銃弾を多数撃ち込んで確率的に命中弾を得るものだ。照準とは、命中確率が一番高い領域の設定にすぎない。

照準して弾を当てるという単純な話なら、機銃はいらん。単発銃で十分じゃないか。一発毎に照準などできないから、機関銃を載せるんだ。戦艦だって敵艦と戦うときは斉射して命中確率を上げる。これも世界中の軍隊で共通の認識だ」

「オリオン太郎は違うのか？」

「違う。この防御火器、連装機銃と呼んではいるが、実際はほぼ単発だ。一度に二発しか弾がでない。試射のときは故障したかと騒ぎになった。二発で機銃とも呼びたくないが、単発ではないからな。連装連発も座りが良くない。

名称はともかく、これがこの防御火器の思想だ。照準器は弾幕を張るのではなく、本当に命中させるのだ。一発一発をな。二発撃つのは、不発弾対策と威力の倍加のためらしい。つまり二ヶ所に命中させて、着実に撃墜するということだ。制御装置に真空管を一〇〇本も使うのはそのためらしい」

「百発百中の砲一門は百発一中の砲百門に勝る。東郷平八郎みたいな発想だな」

「しかし、現実の火砲は百発一中どころか、千発一中も怪しい命中率だ。それが、一二試艦戦は二発の機銃弾で撃墜された。この機銃の凄さがわかるだろう」

「凄いのか？」

航空戦は素人の秋津には、この辺の理屈はわからない。

「日華事変では、我が方の陸攻隊が敵戦闘機に多数撃墜された。ハリネズミのように防御火器を満載した編隊防御機を投入したが、そいつが鈍足なのはまだしも、敵戦闘機の攻撃にはまったく役に立たなかった」

秋津は、どうして武園が自分をここに連れてきたのかわかる気がしてきた。海軍軍人のというより、普通の人間の常識が通用しないオリオン太郎という存在を理解するために、空想科学小説を書いている科学者が最適と判断したのだろう。

もっとも武園にとって、自分をオリオン太郎と会わせたことで期待した成果が得られたのかは秋津にはわからない。わざわざこんな飛行機まで見せたのは、それなりに得られるものがあったという証《あかし》なのか。

それともこの不可解な状況に対して、武園なりの考えをまとめるために、自分はここに呼ばれたのか？　最高機密を維持しつつ、外部の人間の意見を聞くとなれば、彼には自分しかいないというのもわかる気はする。

「それでは、帰るか」

武園は唐突にそう切り出すと、格納庫の外に出るように促す。そのまま秋津は自動車で横浜駅まで送られた。

「帰路の足は確保したから安心しろ」と武園に言われたときには、飛行艇にでも乗せられるのかと思ったが、そんなことはなく、普通に鉄道で串本に戻ることになった。

戦時色も強い昨今、不要不急の観光旅行は自粛しようという空気と、鉄道ダイヤも戦争関連で旅客よりも貨物用が優先されていたために、切符の入手も簡単ではない。

しかし、さすがに海軍の力は絶大で、特急富士の一等寝台車が用意されていた。

「機会があれば、今度、ゆっくり食事でもな」

武園とはそう言って駅で別れた。荷物らしい荷物もない秋津はそのまま一等寝台へ向かった。驚いたことに、寝台車はほぼ貸し切り状態だったが、発車間際になって鞄一つを持った海軍軍人が乗り込んできた。

階級は大尉だったが、乗客は彼と秋津の二人だけ。会話らしい会話もなく、寝台車は出発する。自分は監視されているのだと秋津が気づいたのは、箱根を通過した頃だった。

帰宅して一週間も経過すると、秋津もオリオン太郎のことが夢のように感じられ始めた。

冷静になると、地球外人が飛行機でやってくるという話がそもそも不合理と気がつく。あの時は巨大な飛行機の存在感に圧倒されたが、飛行機は飛行機だ。宇宙を移動する乗り物ではない。

そういうものが別にあって、そこから飛行機で地球に降り立ったのかもしれないと漠然と思ったが、計算してみると、大気圏に突入するのにもエネルギーが必要で、あれだけ巨大な飛行機では膨大な燃料となる。

しかもそれは運動エネルギーからの計算であって、高性能エンジンであろうとプロペラでは役に立たない。ロケットか何かが必要だろう。

仮にそれが解決できても、あの飛行機の形状で大気圏内には突入できない。胴体はともかく、翼がもぎ取られてしまうだろう。

一つだけあり得る合理的な解釈は、あの四発機が外国の新型機である場合だ。横須賀の海軍基地を偵察しようとしたところで、海軍の新型戦闘機に発見され、戦闘機は撃墜したが、四発機も損傷を負い、着陸を強制された。

国際関係が緊張している昨今、外国機が横須賀を偵察に来たとなれば、大変な外交問題となる。一方で、海軍としては仮想敵国の新型機は確保したい。

だから、飛行機が地球外人のものだとすれば、当該国も領空侵犯は認めないから、外交問題にもならず新型機が手に入る。自分はその筋書きの中で、もっともらしい地球外人の設定に協力させられた。

これが空想科学小説の梗概なら、担当編集から「もっと現実的な話にしてください」と言われようが、今のところ秋津にはこれが一番筋が通ると思う。

逆に、そういう筋書きと考えたならば、オリオン太郎に対する関心も急激に薄れてきた。しかし、秋津は間違っていた。

秋津はその時、海軍向けに電波天文台の実験計画書をまとめていた。事務的な数字の確認も必要なので、二階にある自室ではなく、一階事務室の空いた机でだった。

書類作成が必要になったのは、海軍から予算の増額が認められたという通知があったためだ。これは予想外のことだった。なぜなら彼は予算の増額など申請していない。潮岬の電波望遠鏡の建設が認められただけでも成功と考えていたためだ。

海軍からの通知は短いもので、必要な予算については認めるという、解釈によっては青天井ともとれる内容だ。

予算の目的は敵性電波傍受の性能向上とあるが、それだけだ。具体的な話は担当者との話し合いで行うという。

これだけでは何もわからないに等しいが、ともかく秋津は電波望遠鏡の性能向上に関する書類を作成していた。

もっとも、自分の研究予算が増えたことを秋津はむしろ不気味に感じていた。世界各地に不穏な動きがあるからだ。

ヨーロッパでは昨年九月に、ナチスドイツがソ連と呼応してポーランドに侵攻し、短期間に分割した。イギリス、フランスは即刻、ドイツに宣戦布告するも、それ以上の大規模な戦闘はほとんど起こらなかった。

一部では、このまま和平に向かうのではないかとの観測も流れていた。いわゆる「イカサマ戦争」と呼ばれていた平穏な時期である。

しかし、今年四月、ドイツ軍はノルウェーへと兵を進めた。そして五月一〇日には、ついに西部戦線に大部隊を投入し、ドイツとイギリス、フランス軍は全面戦争に突入した。

純粋に軍事力と経済力でドイツはイギリス、フランスに敵《かな》わなかったが、ドイツ軍はフランス領内に兵を進めていた。明らかにドイツ軍の方が優勢だった。少なくとも日本からはそう見えた。

このことは日本にも少なからず、影響していた。それ以前から存在していた三国同盟論は、昨年八月に電撃的に発表された独ソ不可侵条約により沈静化したかに見えた。

だがヨーロッパでのドイツ軍の快進撃により、再び三国同盟論が台頭してきたのである。

それまでの三国同盟論は対米、対ソを意識した政治的側面が強かったが、今回はそれ以上に生臭いものとなっていた。

つまりドイツがイギリスやフランスを降《くだ》した時、アジアにおけるイギリス、フランスの植民地はどうなるか？　三国同盟は、日本が資源確保のために南方に進出するチャンスをもたらすものだという主張である。

すべての陸海軍軍人がこうした考えではないものの、南進論を唱える勢力は国内で無視できない政治力を持っていた。

武園によれば、米内光政《よないみつまさ》海軍大将に組閣の大命が降ったときも、陸軍の強硬派の中には米内内閣を倒閣させ、陸軍が実権を握り、近衛文麿《このえふみまろ》を傀儡《かいらい》とする組閣案もあったという。さすがに彼らも純粋陸軍内閣を組閣し、陸軍が全責任を負うことは避けたらしい。

この辺は海軍軍人の武園の話なので、割り引いて聞かねばならないこともあるだろう。ただ一つ明らかなのは、いまの利害が複雑に絡み合った世界では、地球の裏側の出来事だから、自分とは無関係とは言えないということだ。

そしてヨーロッパの戦争は、着実に世界に波及しつつある。日華事変解決の目処《めど》も立たない日本にとって、その影響はより深刻になるのではないか。秋津は予算の増額の背景を、そうした不安な気持ちで受け止めていた。

それはそれとして、予算の増額は研究にとっては望ましい。軍に約束した性能向上も、方法そのものは単純だ。パラボラの直径を拡大すればいい。面積が大きければ、感度も分解能も向上する。

ただ無闇に大きくしても仕方がない。電波信号を適切に分離し、解析する装置が必要だ。おそらく技術開発の中心はこの辺りだろう。

海軍の仕事を請け負うことで、研究予算を確保するという技を身につけた秋津は、そろそろコツを掴みかけていた。軍人さんが喜ぶ単語とか、煽り文とか、なんとなく見えてくるものがあった。

しかも秋津は白銀河博士という空想科学小説家でもある。色々な方面の科学理論や新発明の情報にも精通している。

その中にはチャールズ・バベッジの解析機関という機械があった。歯車で計算をする機械だが、あれを歯車ではなく真空管にすれば高速な計算ができると空想科学小説的な乗りで書き上げた。

アイデア自体はかなり前からあったのだが、一〇進法の計算機だから、歯車の状態を真空管の回路で表現するのに、真空管がすぐに一〇〇本、二〇〇本になってしまう。とても現実的とは思えなかったのだ。

しかし、武園に見せてもらった四発機の機銃制御装置の技術があれば、一〇〇本や二〇〇本の真空管など目ではない。一万、二万という数の真空管を活用できるだろう。

むろんそんなことが技術的に可能なのかどうか、そこまでは秋津も専門外でわからない。しかし、重要なのはそこではない。武園のような軍人が「これは実現可能だ」と解釈してくれたなら、予算もつくし、研究もできる。

秋津は自分の研究が軍事力強化に役立つのかどうかはわからない。わからないというより、考えないようにしている。ともかく戦争が終わったときに、この研究は人類の役に立つはずだ。

そんな書類を書いていると、この天文台がかなり大きな組織に思えてくるが、そんなことはない。国の施設とはいえ、串本天文台は小所帯だ。本来の目的である電波観測施設は完成していないので、天文台に常時いる職員は自分を含めて五人程度だった。

「先生、いま戻りました」

国民服を着た細川が戻ってきた。国民服は軍服に似た着衣で、強制されているわけではないが、秋津も細川も最近は努めて身に付けるようにしている。周囲とできるだけ摩擦を起こさないためだ。最近は世相も余裕がないのか、服装や髪型で文句を言ってくる人間も珍しくないのだ。

「防空演習はどうだった？」

秋津は、薬缶の麦茶を浴びるように飲む細川に声をかける。

「無事、終わりましたよ。この炎天下ですからね、形だけバケツリレーしてお開きです。まぁ、無駄な行事ですよ」

防空演習が無駄という細川の言葉に、帳面に何かを記載していた初老の事務長である吉田が顔をあげた。さすがに細川もまずいと思ったのか、口調を改める。

「日本に空襲を仕掛けられる国など無いのに、防空演習など無駄ってことですよ。本土の防空は鉄壁なんですから」

「それでも油断は禁物ですよ」

吉田は帳面に視線を向けながら、そう言った。細川も防空演習の話はそれ以上しなかった。

防空演習に天文台からも人を出してほしいというのは、役場から電話があったためだ。受けたのは吉田で、細川が出ることもそこで決まった。

その判断は秋津にもわかる。兵役についていないのだから、せめて演習くらい参加しろということだ。吉田事務長の長男はいま徴兵され北支にいるらしい。彼の細川に対する視線の厳しさには、そうした理由もあるのだろう。

日華事変の拡大と英米との戦争も喧伝される中、召集される若者も増えており、天文学に進む若い研究者は激減している。研究員の細川にしても、天文学を志したというのはまったくの嘘ではないだろう。だが、もっと大きな天文台に行かずにここに残っているのは、串本天文台が軍の研究をしている関係で、職員は徴兵猶予の対象とされているためだ。

大学生はいまのところ兵役を免除されているが、それだっていつまで続くかわからない。卒業を繰り上げるという意見もあると、文部省に勤務する友人から聞いたこともある。

そして細川は大学を卒業している。天文学などというおよそ戦争には無関係な若い研究者は、いつ召集されてもおかしくない空気が世間にはあった。

世間のことには疎《うと》い秋津さえ、そうした空気を感じることは多い。つまり他所の天文台から、串本天文台に異動したいという問い合わせが増えてきたためだ。串本天文台の職員なら徴兵されないはずという観測からだ。天体を観測する前に、世情の風向きを読まねばならないというわけだ。

秋津はそうした問い合わせには、曖昧な対応しかしていない。問い合わせる方も真剣なのはわかるが、自分の天文台や研究を徴兵逃れに使われてはたまらない。

それに、そんなことが噂にでもなれば、海軍が資金を引き上げる可能性だってある。微兵逃れのための天文台に金を出す馬鹿な軍隊はないだろう。

書類を書きながらも、提出先が海軍ということで、どうしてもそんなことを考えてしまう。

電話があったのは、書類を書き上げ、自室に戻っている時だった。

「先生、海軍の方が参られてますが」

事務長の吉田から電話がある。

「こちらに通してください」

本当なら自分が出向くべきなのだろうが、串本天文台には応接室などはなく、客人を迎えられるのは教授である自分の部屋だ。

「こちらです」

吉田が案内してきたのは、武園と別れた後、寝台車で一緒になった無口な海軍大尉だった。あの時、直感的に彼が監視役と思ったが、秋津の考えは当たっていたようだ。

「ご無沙汰いたしております」

大尉はそう言いながら名刺を渡す。そこには「海軍軍令部第四部特務班　福永修二《ふくながしゅうじ》大尉」とだけ記されていた。

「失礼ながら、先生は海軍軍令部が何をする官衙《かんが》かご存じですか？」

「艦隊の指揮とか、作戦立案とか、出師準備とか、そういうことを担当する部署だろ、違うか？」

「まぁ、一般的な理解としては間違ってはおりません。しかし、今日《こんにち》の近代戦はそれだけでは成立しない。情報通信も重要だし、そこから防諜謀略の重要性もかつてなく大きい。我、第四部特務班はその重要な仕事を担っています。だから我々がそこに属していることを部外者に知られるのは不都合なんです。情報の出口を絞るのは防諜の基本ということです」

「僕は信頼されていると解釈していいのか？」

「はい、例の四発機の話題も全く外に出ておりませんから」

秋津は福永のその言葉で、自分はあれからずっと監視されていたらしいことを知った。

「でも、あのことは口外しないと誓約書に書いたじゃないか」

「上司が言っておりました。秋津が他人を簡単に信じるところは中学時代と変わらないと。国家間の条約や協定だって、都合が悪くなれば無視されたり破棄されるんです。あまつさえヒトラーのように、ベルサイユ条約破棄を公約に掲げて、総統にまで上り詰める人間も現れる。

こんなご時世に個人の誓約書など、ないよりまし程度の信頼性しかないのが現実です。

事例紹介はできませんが、防諜などやっておりますと、本邦で秘密なるものがいかに無意味か、人間不信になるほどです。おかげで結婚もできません」

「失礼ながら、貴官こそ人間を信じすぎているんじゃないか。あるべき人間の理想ばかりを追い求めるからこそ、現実の人間に幻滅する。

しかし、人間に過度の期待を持たなければ、時折見せる善意や知性が愛おしくなる。結婚も怖くないさ」

福永は苦笑する。

「上司もまったく同じことを言いますよ。だから何度も縁談を持ってきます」

「武園らしい。あいつは偽悪的に振る舞ってばかりだが、僕より人間はずっと上等だよ。特務班が泥をかぶる部局なら、あいつは信じるもののために、進んで泥をかぶる人間だ」

「面白いですね。上司も先生に対してそう評しておりました。

それで、小職がうかがったのは他でもございません。秋津先生には是非、ブレーントラストに参加していただきたく参上いたしました。

もちろん参加するか、参加を拒否しないかは、選ぶことができます」

「それは選択肢とは言わんだろ！」

秋津の抗議に福永は真顔で返す。

「参加するは積極的に参加する、参加を拒否しないは消極的に参加するであり、意味が違います。

参加していただけるなら、全てが滞《とどこお》りなく進みます。要するに志願者でございますから。こちらとしても、相応の処遇は用意いたします。

しかし、消極的参加となれば、国民徴用令の対象として処理せねばなりません。先生なら時局についてもご理解いただけていると思います。いまは非常時で、国家総動員の時代です。秋津先生の個人的な事情は、国難の中では斟酌《しんしゃく》される余地はございません」

福永は口調は丁寧だが、断固とした態度でそう言い切った。武園が福永を送り込んできたのは、この頑固さを見込んでのことか。

秋津はいまのいままで、海軍の資金で研究を続けていたものの、建前はともかく、電波天文学そのものは戦争とは縁のないものと考えていた。

しかし、それはまったくの認識不足であったらしい。研究内容がなんであれ、海軍の資金で研究を続けている以上、戦争と無縁の研究などない。秋津の研究が戦争と無縁であるかどうか、それを決めるのは秋津ではない、資金を出す海軍なのだ。

秋津はそのことに気がついたが、ともかく自分の冷静さを保つことに集中する。

「それで、そもそもブレーントラストとはなんだ？」

「自分たちは軍令部の人間ですが、海軍省臨時調査課の高木惣吉《たかぎそうきち》課長が組織した、なんと言いますか、勉強会あるいは研究会のような組織とご理解いただければ」

福永によると、そもそも高木課長の臨時調査課は、当時海軍大臣の米内光政中将のために、議会対策資料を作成する目的で組織された。しかし、米内海相のための資料作成の中で、否応なく陸軍強硬派の存在を意識することになった。

こうした陸軍強硬派を抑えられるのは海軍しかない。しかし、海軍よりも規模は大きく、強い政治勢力となっている陸軍に対抗するには海軍単独では難しい。

そこで、海軍が中心となり経済界や民間の知識人を動員し、理論武装した政治勢力となり得る組織を作る。つまり陸軍強硬派の施策に対して、十分な説得力を持った対案を提示できる能力を海軍が持つことで、アメリカ、イギリスなどとの開戦を回避する。それがブレーントラストの目的だという。

最初は海相のための一官衙に過ぎなかった海軍省臨時調査課は、昨年より調査課と名称を改め、こちらは従来通り、議会対策の資料作成を担当している。

その一方で中核スタッフは、別に臨時調査課の名称を引き継いだまま海軍省から独立した海相直属（米内内閣後は総理直属）組織として活動し始め、軍令部とも連絡し、海軍としてブレーントラストを支える機関となっていた。

この流れで武園や福永の特務班は軍令部の人間ながら、高木課長とも連絡を取り合い、ブレーントラストに関わってきたのだという。

「すると、オリオン太郎は海軍省臨時調査課が管理しているということか？」

秋津はいままでの疑問点がやっと払拭《ふっしょく》された気がした。

「それは管理という言葉の意味にもよるでしょう。おわかりと思いますが、オリオン太郎が現れる前からブレーントラストは活動しておりました。ただこれまでは諸外国内の情報収集が中心でした。

幸いにも日本は、関係は悪化しているものの英米と戦争状態にはない。独伊とは同盟関係で、ソ連との国交も維持されております。中立国の大使館にも関係者はおりますから、列強の情報は入手可能です。具体名は明かせませんが、多数の駐在武官や経済人が増員され、情報収集に当たっております。

独仏戦などもそうです。ドイツ軍の機械化部隊に同行している人間がいる一方で、フランス軍の側から観戦している仲間もおります。

まぁ、この人の場合、本人との連絡はつかないのですが、状況から判断して命からがらダンケルクからイギリスに脱出したようです。

なのでフランスの情報は現地の人間をやりくりして、民間の経済人が引き継いでいるはずです」

秋津は、それはスパイ網ではないのか？　という質問を辛うじて飲み込んだ。武園の部署は防諜謀略と言っていたではないか。なら、そんな質問はするだけ無駄だ。

「オリオン太郎は海軍施設の中で、海軍関係者の名目でブレーントラストが調査を行なっているわけです。あの四発機も含めて」

「陸軍はどうなってるんだ？」

秋津は尋ねる。相手は地球の外からやってきた存在であると主張している。ならば陸海軍共同で当たらねばなるまい。

しかし、福永の返事はそうした予想とはまるで違っていた。

「陸軍は関係ありません。彼らはオリオン太郎のことも四発機のこともまだ何も知らないはずです」

「どうして、同じ日本人だろう！」

「いえ、同じ日本人だからこそです。先ほども説明したように、ブレーントラストは日本のために働いている。日本を誤った方向に導こうとする陸軍強硬派から日本を守るために組織されたんです。

むろんいずれ陸軍にもこのことは伝えることになるでしょう。ただし、それは我々が決定的な情報を掌握してからになるでしょう。情報は力ですから。

もとよりブレーントラストは陸軍強硬派に対抗する組織です。その組織がオリオン太郎を管理しているならば、陸軍強硬派への情報遮断は必然です。これは闘争なのです」

「闘争？」

「陸軍強硬派は三国同盟を諦めていない。その最大の障害物である米内総理を倒そうという動きは今もある。

それどころか、反対派である山本五十六《やまもといそろく》連合艦隊司令長官や井上成美《いのうえしげよし》航空本部長への、白色テロさえ計画されていたんです。

彼らは自分たちが三国同盟を結ぶことで、国内政治の主導権を掌握しようとしている。

しかし、三国同盟を結んでしまえば、アメリカ、イギリスとの関係は後戻りできないほど悪化します。この闘争は現在進行形なのです」

秋津は海軍組織のことがわからなくなる。確かに国内外の危機的な政治状況はわかる。

だが、彼らの頭の中では、地球外人という地球の外からやってきた存在の脅威と陸海軍の対立と、どちらを重視し、どう折り合いをつけているのか？

「秋津先生は、我々が陸海軍のつまらない縄張り争いでこんなことを行ってると思っていませんか？」

「違うのか？」

「違います。

いいですか、冷静に考えてみてください。オリオン太郎が本当に、地球の外からやってきたとしましょう。そんな奴らがたった二人で、飛行機一機でやってくるでしょうか？

飛行機を飛ばすにも整備や諸々の作業が必要なんです」

「オリオン太郎の仲間が地球に来ているのか？」

福永は、その言葉に驚いた表情を見せる。

「当たり前じゃないですか。秋津先生はこの地球にオリオン太郎一人だけだとでも思っていたのですか？

実は海外でも、オリオン太郎の四発機と同じ型の飛行機が確認されているようです。幸運にも目撃者はブレーントラストのメンバーでした。オリオン太郎が我々の管理下に置かれてからの目撃情報です」

「どこで？」

「それは秋津先生が我々の仲間になれば知ることができます。部外者には教えられません。

一つ言えるのは、異変は世界で起きているということです。

ならばこそ日本は、陸軍強硬派に引きずられて戦争など断じて起こしてはならんのです。

いかがでしょう、先生、協力していただけますか？」

「どうして、そこまで僕を勧誘したがるんだ？」

秋津の疑問に福永は答える。

「オリオン太郎が我々に協力する条件が、先生が側にいることだからです」

3章　白山丸

六月七日〇六〇〇

「えっ、こんな早朝に出港するのか……」

貨客船白山丸の上甲板後方にあるベランダで、猪狩周一《いかりしゅういち》は船がリスボンの港から離れてゆくのを見ていた。

港からサンタ・エングラシア教会をはじめとして、幾つもの教会や宮殿の姿が見えた。水上に屹立《きつりつ》するベレンの塔を抜ければ、ほぼ外洋だ。

六月とはいえ、早朝の海となればまだ肌寒い。しかし、肌寒さはそのせいだけではないと猪狩は思っていた。

ヨーロッパは戦場であった。先年九月に侵攻したポーランドをソ連と分割したナチスドイツは、いまやフランスに侵攻している。

猪狩の知り合いで陸軍参謀本部に勤務するある佐官は、ドイツ軍がフランスに侵攻するのは自殺行為であるとの説を唱えていた。

「まずフランスにはマジノ線がある。あの長大な要塞地帯をドイツ軍が抜くのは容易ではない。

仮に突破口を作ったところで、戦車の数ではドイツ軍は二四〇〇両、対するフランス軍は三二〇〇両とこちらの方が上だ。しかも、これにイギリス軍の増援が加わる。

大砲にしても、ドイツ軍はせいぜい七〇〇〇門程度だが、フランスは優に一万を超えている。兵士の数だけはドイツ軍がいささか多いが、近代戦は機械力だ。ヒトラーが馬鹿でない限り、フランスとの戦争はないだろう」

その見立ては彼の真意だったのか、それともヨーロッパに向かう猪狩を安心させるための作り話だったのかはわからない。いずれにせよ現実はその陸軍佐官の予想を裏切った。

白山丸がヨーロッパに向かうため神戸を出港したのが三月二一日の夜。シンガポールに到着した四月五日にはイギリス官憲による臨検を受けたが、その時もヨーロッパが戦場であるという緊張感を感じることはなかった。

だがインド洋を航行中の五月一〇日、ドイツ軍は西部戦線への侵攻を開始した。そして電撃戦なる新戦術で、戦力で優位であるはずのフランス軍や、イギリスの大陸派遣軍を圧倒していた。

白山丸がマルセイユを出港した六月四日には、英仏連合軍はダンケルクからイギリスへと脱出した。

それが影響したのか、彼らはジブラルタル海峡でしばらく足止めを食らった。別に日英関係が険悪であるためではない。次の寄港地はイギリスのリバプールなのだが、戦闘の状況によってはポーツマスやグラスゴーに変更になる可能性もあるというのだ。

果たして自分は再び日本の土を踏むことができるのか？　直接の攻撃を受けたことはないとはいえ、猪狩ならずともこの先の航海に不安を覚えずにはいられない。甲板でのひと時が肌寒く感じる理由である。

いかに欧州航路の貨客船とはいえ、このような情勢にもかかわらず白山丸が戦時下のヨーロッパにいるのは、英仏の在留邦人引き揚げのための船であるからだ。

行きはスエズ運河を経由して、地中海に入り、ナポリやマルセイユに寄港できた。日本はイギリスと戦争はしていないし、そもそもスエズ運河は一八八八年一〇月の協定により、自由航行権が約束されていた。極端な話、イギリスの敵国であってもスエズ運河は通過できるのだ。

しかし、このままフランスがドイツに敗北すれば、現在中立のイタリアがイギリス、フランスに宣戦布告する可能性がある。そうなれば今度は地中海が戦場となる。スエズ運河が自由通行可能でも、ジブラルタル海峡からスエズ運河まで、白山丸が無事に戻れるかわからない。ヨーロッパで日本は中立的な立場であるとはいえ、誤認されて攻撃を受ける可能性は常にある。

おそらく帰路はスエズ運河経由ではなく、ケープタウン経由になるのではないか。猪狩は商社の人間として、海岸の風景を見ながら漠然とそんなことを考えていた。ポルトガルは平和なのに国境を越えれば、空から爆弾が降ってくる。

「欧州情勢のことでも考えているのか？」

そう声をかけたのは、駐在武官としてイタリアに赴任する平出清《ひらできよし》海軍中佐だった。白山丸がナポリに寄港したときに平出が降りなかったのは、英仏の情勢を確認したかったためだ。現地の駐在武官との情報交換もある。

ベランダにある丸テーブルには猪狩の他には彼しかいない。職種は違うが二人はこれから行動を共にする。いわば運命共同体であった。

「帰路のことを考えていた。どういう選択肢があるか。ありえる最悪のシナリオで考えると、帰国はかなり難しい」

「最悪ってどんな？」

「イタリアがイギリス、フランスに宣戦布告し、ドイツがソ連と戦争をする。独ソの握手は互いに時間稼ぎに過ぎないことはわかっているだろうからな」

今どき民間人の猪狩が現役海軍中佐の平出にタメロをたたけるのは、二人が中学の同期だからだ。猪狩は帝大に進学し、経済界で働いていた。

もっとも猪狩も海軍と無縁の生活をしているわけではなく、むしろ深く繋がっていた。彼の勤務する元禄通商は、世界中と取引をする商事会社だが、その正体は海軍省の息のかかった企業である。社長や役員は退役もしくは現役の海軍高官であった。

そして元禄通商の仕事といえば、海軍が必要とする戦略物資を確保することである。この商売の中には海軍の中古兵器の売却も含まれる。

猪狩が戦時下のヨーロッパに赴任するのも、まさに戦時下であるからに他ならない。先はともかく、今は日本は中立国である。だからドイツやイギリス、フランスの最新兵器を入手することができる。

むろん、武器売買はすなわち政治である。新型兵器は簡単には入手できないが、アジアで確保した生ゴムなどの戦略物資を元禄通商が持ち込むとなれば、相手の対応も変わる。言うまでもなく、これは危険な仕事だが、猪狩としてはそこにこそやりがいがあった。

「独ソ戦か。まぁ、ゲルマン民族は東方に生存圏を拡大しろと言っている人間が始めた戦争だ。確かに時間の問題か」

平出は猪狩の話に特に異論も唱えない。それは彼自身の分析に合致していたためと、その度量の大きさによる。陸海軍問わず、民間人が軍事に意見を言うことを蛇蝎《だかつ》の如く嫌う者もいるのだ。

「もしも独ソ戦となったら、猪狩はどうする?」

「そうだな。まずスイスに行き、そこで情勢を窺い、トルコに移る。トルコからイランに移動し、中央アジアのソ連領から、シベリア鉄道で満洲までとなるな。全体で三ヶ月の旅程だ」

「そんな面倒な移動を繰り返すのか……」

平出は呆れ顔だが、猪狩はそれは仕方があるまいと思う。海軍軍人は軍艦で行けない場所はないと考える人種だ。移動となればAからBまで最短で移動する。蛇行しながら陸路を移動するという発想は彼らには馴染みのないものだ。

「まぁ、状況が許せば、スペインかポルトガルに移動して、戦争が終わるのを待つかだな」

猪狩がもっとも心配なのは、それだ。昨年の九月に始まったこのヨーロッパの戦争はまだ一年も経過していない。現状ではフランスが降伏するのは避けられまい。それでイギリスとドイツの間に妥協が成立すれば、ヨーロッパでの戦争状態は終わる。第一次世界大戦のような惨禍に見舞われずに終結するわけだ。

しかし、猪狩はそういう筋書きには否定的だった。チャーチルは容易にヒトラーとは妥協しまい。そしてどちらが勝っても負けても、結果が出るのは先のことになろう。仮にイギリスとの妥協が成立したとしても、それは無条件での平和を意味すまい。西部戦線が安全なら、ヒトラーは東部戦線に兵を進める。それは『我が闘争』に目を通したことがあるなら子供にもわかる理屈だ。

歴史が証明する通り、ロシアとの戦争が短期で終わった例《ため》しはない。つまりよほどの幸運でも起きない限り、フランスの降伏が戦乱の終結を意味することはないのだ。

だから猪狩は、今回のヨーロッパ出張には相応の覚悟を持って臨んでいた。海軍のダミー会社とはいえ、死んだとしても軍員恩給も見舞金もない。妻子が路頭に迷わないような手配は済ませてある。

むろん異国で斃《たお》れるつもりはないが最悪の事態には備えねばならぬ。この点では海軍という組織に属する平出は、彼から見ればまだ楽観的に過ぎるように見えた。もっとも平出から見れば、自分は悲観主義的すぎるのだろうが。

朝食はまだだが、給仕が二人に熱いコーヒーを注いだ。船長の指示だという。

「予定よりも六時間近く早い出港だが、何か知らないか？」

平出がそう尋ねるが、給仕もよく知らないらしい。

「通信長が船長に、ラジオ放送に細心の注意を払うように伝えていたそうです。それで急遽、出港となったらしいんです」

給仕の返答はなんとも要領を得なかったが、それは仕方がないだろう。船長も細かいことを給仕に説明はすまい。

給仕が船室の方に引き上げるのと入れ替わるように、通信長が通りかかる。急いでいるようだったが、平出はそれに構わず声を掛ける。

「通信長、昨日聞いた予定よりも、六時間も早く出港したのはどうしてだ？」

「ラジオ放送を傍受した情報ですが、ドイツ軍がソンム川を突破したそうです。これに対してイギリス空軍がフランスに増援を出すという情報があります。ただ、この情報の真偽は不明です」

猪狩は思い出す。貨客船白山丸は三菱造船の長崎造船所で建造された。第一次世界大戦の欧州航路で失われた貨客船の代替として建造されたものだ。同型船は箱根丸型として四隻あり、白山丸は四隻目だ。

白山丸のような船舶は、有事には優秀商船として海軍に徴用されるリストに載っていた。海外航路の客船は白山丸に限らず、海軍でなければ陸軍に徴用されるのが常識だった。海軍に徴用された場合、白山丸は輸送船舶としてだけでなく、洋上通信局としても活用できるように、貨客船としては例がないほど無線装備が充実していた。それが邦人引き揚げに用いられるのは、内外情報を迅速に察知し、外国艦との接触を極力避けるためだった。

それだけでなく白山丸には、元禄通商がアメリカから購入した夜間衝突回避装置が搭載されていた。電波を周囲に照射して、その反射波で近隣に艦船がいるかどうかを知る装置だ。

この装置を海軍技術研究所は、電波探信儀（アメリカではRadio Detection and Rangingと表記され、頭文字の略称RADARと呼ばれる）という電波兵器に改造していた。純国産の電波探信儀も研究はされていたが、白山丸の米国製ベースのものが最も高性能だった。電子装置ではアメリカに一日《いちじつ》の長があるのを関係者は確認した形だ。

さすがに電波探信儀のような兵器色の強い装備を施しているのは、商船であっても警戒される。何しろ関係があまり良好ではない国の貨客船もやってくるのだ。スパイ活動を疑われても仕方のない面がある。そして猪狩たちの任務も広義のスパイなのは間違いない。

このためシンガポールの入港前に、電波探信儀のアンテナは撤去されていた。この構造は複数の八木アンテナを並べていたため、餅網とかベッドの骨組みとも揶揄《やゆ》されていた。なので取り外したアンテナは、リネン室でシーツを被せられ、予備のベッドのように放置された。さすがにこれには臨検官もレーダーアンテナとは気がつかなかった。

とはいえ臨検官のイギリス軍将校は、白山丸の無線機を訝《いぶか》しげに見ていたから、アンテナを隠したのは正解だっただろう。

白山丸では通信長が電波探信儀の管理責任者であったが、そこで察知した情報は猪狩たちにも明かされなかった。それもあってか通信長は少し考えながら、言葉を選んで返答した。

「船長は、ドイツ軍がフランス軍を撃破した余勢をかって、イギリス空軍に先制攻撃をかける可能性を憂慮しています。

いま出発すれば、ポーツマスには深夜に入港できます」

「リバプールじゃないのか！」

猪狩も平出も同時に声を上げる。

「ポーツマスで引揚者を乗せたら、そのまま反転し、ジブラルタル経由でマルセイユとナポリに寄港し、スエズ運河を通過して帰国するようです。

それでは、私は船長への報告があるので失礼します」

通信長は一礼すると、そのままブリッジへと駆けていった。おそらく乗客には聞かせられないような情報が入ったのだろう。

「どうする？」

平出が尋ねる。

「桑原との合流は諦める。フランスがこの状況では奴の生死もわからん。事態が落ち着くまでは、我々二人で活動するよりあるまい」

猪狩はそう決断を下す。彼らのいう桑原とは、桑原茂一《くわはらもいち》海軍少佐のことだ。彼ら二人と同様にブレーントラストの一員だった。海軍航空隊の将校として、フランス軍の航空戦力を研究する観戦武官として情報収集に当たっていたが、フランス軍と行動を共にする中で、音信不通となっていた。

「イギリス組は独仏の戦争で、事務所を閉鎖している。だから当面、大陸側は我々二人で動かすよりないだろう。計画は変更し、白山丸の帰路も現状ではフランス領のマルセイユでは降りずに、ナポリで降りて、現地で準備を進め、空路を用いてドイツに向かう。イタリアとドイツは友好国だし、ドイツ抜きでは仕事になるまい」

「ドイツか……」

平出はあまり乗り気ではないらしい。

白山丸が航行を続けている間にも、情勢は日々変化していた。ただあくまでもラジオ情報なので、正確さには限度があった。イギリス、フランス、ドイツのラジオ放送を主に傍受していたが、検閲もあり、時に内容は矛盾した。

例えばドイツ軍はダンケルクから連合国軍を追い出したというし、イギリス軍はダンケルクにいた三〇万人余りの連合国軍をドイツ軍が殲滅《せんめつ》できずに取り逃したと報じる。そしてフランスのラジオは、フランス軍が各戦線でパリを守るために奮闘していると述べる。

それでも、ドイツ軍の快進撃の前にマジノ線は張子の虎で、連合軍はフランスからの撤退を余儀なくされたのは間違いないようだ。ただ平出によれば、ドイツ軍によるイギリス侵攻はむしろ困難になった可能性があるという。

陸軍国のドイツがイギリス本国に侵攻するような渡洋作戦の能力はないという分析だ。それが可能な海軍力があれば、イギリスの海上封鎖を突破しているはずと平出は言うのだ。

「つまり誰も決定打を出せないので、戦争は長期化するということか？」

猪狩の質問に、平出は難しい顔でうなずくだけだ。

そうして夕食の時、二人は白山丸の飯塚船長に招待された。二人が海軍関係の任務でヨーロッパに赴任することを彼は知っていたためだ。

ヨーロッパ航路の貨客船であるから、食事は豪華ではあったものの、贅を尽くしたというほどでもない。客船の食事もまた戦時下の影響を免れなかったのだろう。

それでもステーキが出るなど、日本の水準ではかなりのご馳走なのは間違いない。

飯塚船長が話を切り出したのは、デザートの時だった。厨房で作り上げたアイスクリームだった。

「ポーツマスに深夜入港の予定でしたが、当初の予定通りにリバプールに向かいます。昼間の到着となります。

リバプールからはジブラルタル海峡を渡り、マルセイユとナポリに寄港後、再び大西洋にでて、ケープタウン経由での帰路となります。日本へは八月ごろの到着となるでしょう」

「スエズ運河は航行しない？」

猪狩の質問に飯塚船長は答える。

「遅くとも一〇日には、イタリアはイギリス、フランスに宣戦を布告するという観測が出ている。フランス戦線の先は見えているからな。

ただイタリア参戦となれば、リビア駐屯のイタリア軍とエジプト駐屯のイギリス軍が衝突するのは必定《ひつじょう》。スエズ運河の通過は断念するよりなかろう」

「朝、通信長からはスエズ経由と伺ってはいましたが、やはりそちらは駄目ですか。しかし、なぜまたポーツマスからリバプールに計画が戻ったんです？」

「リバプールに集まっていた邦人は、鉄道でポーツマスまで南下する予定でした。

しかし、イギリス軍の動員もあり、鉄道の切符が確保できなかった。そういうことです。

生憎《あいにく》と日本は、イギリスにとっては友好国とは言い難いですからな」

確かに日英間の関係は、日華事変以降、良好とは言えなかった。さらにヨーロッパで戦争が起こると、その余波は太平洋にも波及していた。この一月には、イギリス軍艦が日本の客船を臨検し、ドイツ人二一名を連行したという浅間丸事件も起きている。

そういう情勢であればこそ、軍事輸送中心の鉄道で、日本人の引揚者のために便宜が図られるようなことは期待できまい。

「ドイツ空軍がイギリス攻撃の準備をしているという報道も真偽は不明なのだ。プロパガンダの可能性も少なくない。

我々としては、この状況下で夜間航行を待つよりも、最短時間で現地に到達することが安全と判断したわけだ。お二人の行動に私から指図する立場ではないが、状況はこのようになっている。

お二人が当初の予定を変更して帰国を選ぶのなら、ナポリには寄港せず、マルセイユで引き返して帰路に就くことも可能だろう」

猪狩には船長の意図がわからなかった。危険というならリバプールからそのまま帰国すればいい。

そうではなくジブラルタル海峡を再度渡ってマルセイユに行くならば、そのままナポリに向かってもいいではないか。

「マルセイユには寄らねばならないのですか？」

猪狩は確認する。イタリアに向かう予定を変えるつもりはないが、船長がそれとは別にマルセイユにこだわるのが気になったためだ。

「マルセイユでも邦人を乗せねばならん。パリが陥落するのが現実的な課題なら、脱出邦人は予定より増えるかもしれん。ナポリは降りる人間だけ、そう君ら二人だけだ。だから君らが帰国するなら、本船はマルセイユから帰国となる」

「予定では、マルセイユでは誰が？」

「領事館の人間が若干だが、状況によっては大使館の人間も含まれるかもしれない。それと留学している芸術家だ。岡本太郎とか荻須高徳とかな。

それと、スパイ容疑でフランス官憲に拘束されていた川重の技術者もリストにある。この状況ではリストにない邦人も増えると考えるべきだろう」

そして、飯塚船長は猪狩と平出に問い直す。

「で、どうするね？」

「予定通り、イタリアに向かいます。それが我々の職務なので」

駐在武官であるはずの平出ではなく猪狩がそれを口にしたことが、飯塚船長には面白かったのか、彼は笑いだす。

「わかりました。まぁ、ナポリは計画のうちだ。船長としては安全を最優先に考えたいだけのことで、ナポリ行きが大きな問題になることはないだろう」

ポーツマスからリバプールに目的地が戻ったことについては、その日のうちに乗客には伝えられた。そうした危機感の中での航行にもかかわらず、貨客船白山丸は何者とも接触しなかった。

戦場とは方向が違うことと、白山丸の電波探信儀が飛行機や船舶の接近を察知すると、回避してきたことも大きい。それで航路は長くなったが、安全には替えられない。

そうして六月八日の朝を彼らは迎えた。白山丸はリスボンから北上し、アイルランドからみて南方、ブルターニュ半島から見て西方の大西洋上に到達していた。

六月八日〇七〇〇

「艦長、レーダーが船舶を捕捉しました」

　空母グローリアスのドイリー・ヒューズ艦長にレーダー室からの電話報告があったのは、朝の七時のことだった。

「シャルンホルストか？」

　ヒューズ艦長の受話器を握る手に力が入る。そして自問する、自分たちは敵に勝てるのかと。

「レーダーの有効範囲ギリギリなので、船舶が存在するとしかわかりません。ただドイツ部隊の可能性はあります」

「その根拠は！」

　艦長の言葉もつい詰問調になる。

「この船舶から極超短波が発せられています。波長は二メートルほどで、ドイツ海軍の既知のレーダーの波長には該当しません。彼らのレーダーは三六八ＭＨｚ、波長八一センチのものです。

　ただ、初期のレーダーの波長には類似のものがありますし、大型軍艦なら複数のレーダーを装備していても不思議はありません。これだけで敵とは断定できないとしても、少なくとも友軍はこのような波長のレーダーを使用しておりません」

「味方でないなら敵か」

「断定はできませんが、その可能性は高いです」

「敵がレーダーで我々を発見している可能性はどうだ？」

「ドイツのレーダー技術は我々より二年は遅れてます。夜間航行の衝突防止装置以上の性能はないはずです」

レーダー室からは、そんな景気のいい返事が戻る。本当に二年の差があるかはヒューズ艦長も疑問だった。ただ過去の戦闘で、ドイツ海軍がレーダーで結果を出した事例は確かに報告されていない。レーダーを搭載していないか、兵器として期待できるほどの性能ではないか、いずれかだろう。

「わかった、ご苦労。何かあったら報告してくれ」

ヒューズ艦長は受話器をおいた。そしてグローリアスの針路を変更し、問題の船舶へと接近させた。

前日にイギリス海軍の一大拠点であるスカパフローから出動した空母グローリアスと駆逐艦アカスタ、アーデンの三隻は、一路南下を続けていた。

ノルウェーのナルヴィクでの戦闘で、連合国は作戦に参加したドイツ軍駆逐艦部隊を全滅させ、一時はナルヴィクを占領したものの、周辺状況から撤退を余儀なくされた。

　作戦に参加していたグローリアスと二隻の駆逐艦も、脱出する連合国軍兵士をのせた船団の護衛にあたっていた。それが終わるとスカパフローでの簡単な整備と補給ののちに、さらなる任務が命じられた。

　それは、数日前のナルヴィク海戦に参戦すべく派遣されたドイツ艦隊の中で、戦艦シャルンホルストと同型艦グナイゼナウの行方だけがわからないことにあった。

　本隊からこの二隻だけが分離したらしいのだが、どこで分離し、どこに向かっているか不明なままだ。

　当初はスカンジナビア半島からイギリスを迂回して大西洋に出て、通商破壊戦を行おうとしていると考えられていた。しかし、いくつかの無線局が、明らかにシャルンホルストのものと思われる通信を傍受することに成功した。

　その通信は一度だけで、短いものだった。完全な無線封鎖を行っていたにもかかわらず、何かのミスで送信されてしまったらしい。それ以降の通信はなかったが、複数局での傍受であるため、送信場所はある程度は絞られた。

　それはアイルランドの南方だった。この位置にイギリス海軍首脳は色めき立った。大西洋で通商破壊をする可能性は残るものの、フランス海軍の重要拠点であるブレストを攻撃する可能性も浮上していた。

ブレストはフランス最大の海軍基地であり、いかに戦艦シャルンホルストやグナイゼナウが高性能でも、通常であればたった二隻での奇襲攻撃は自殺行為に等しい。

だが、今は状況が違った。フランス海軍はナルヴィク方面の戦闘支援で艦隊を派遣していた。さらにイタリアが宣戦布告を行うとの観測から、地中海方面やアフリカの植民地にも部隊を配していた。

結果として今のブレストは、艦隊戦力としては非常に手薄な状態にあった。したがって二隻の戦艦で攻撃しても反撃される可能性は低く、有力軍港の破壊でフランス海軍に大打撃を与えられる。

この状況でドイツ戦艦二隻の行動を阻止するために派遣されたのが、空母グローリアスだった。空母とはいえ旧式だ。それでドイツの新鋭戦艦にどこまで対応できるのか？　ヒューズ艦長にはわからなかった。

活動中の戦艦を航空機で沈めた例など、まだ世界でもないのだ。理論的に可能とは言われていたが、自分たちにできるかどうかわからない。しかし、それこそが自分たちの任務なのだ。

懸念はもう一つある。それはグローリアスの艦載機の数だ。本来なら四八機搭載可能なこの空母は、いま戦闘機一〇機に攻撃機一〇機の、計二〇機しかない。ナルヴィク作戦の中で、グローリアスは陸軍機の輸送任務に当たっていたため、本来の艦載機の一部を陸上に下ろしていたのである。

フルマー戦闘機は、軽爆撃機としても運用できるような機体なので、いざとなればソードフィッシュと合わせて攻撃機は二〇機として投入できる。

しかし、ドイツの新鋭戦艦に対して、この程度の戦力で戦えるのか、ヒューズ艦長には自信がない。二〇機ばかりの飛行機で戦艦が沈められるなら、誰も苦労して戦艦など建造しないではないか。

「当該海域に侵入する商船の報告は受けておりません」

通信長はすぐにヒューズ艦長に電話で報告を入れた。グローリアスのレーダー有効範囲内を航行する船舶についての報告はあるか、艦長は通信長に確認を入れていた。何らかの商船の活動があれば、レーダーが捉えた船舶がシャルンホルストである可能性は低くなる。

しかし通信長は、そんな船舶の報告は受けていないと報告してきた。いよいよ敵艦の可能性が高まってきた。

「午後にリバプールに向かう日本の貨客船が報告されておりますが、強いていえばそれだけです。航路変更の報告もありませんし、それは除外してよいでしょう」

「日本の貨客船がまだ運航しているのか？」

それはヒューズ艦長には驚きだった。イギリスと日本は交戦状態にあるわけではないが、両国の緊張は高い。そうでなかったとしてもヨーロッパは戦争状態にあり、日本からの商船の運航には危険が伴う。貿易にしてもイギリスにせよフランスにせよ、重要資源や機械類は戦争資材として統制下にある。

アジアから遠路渡ってきても、彼らが欲しいものが手に入るとは限らない。労が多い割には得るものは少ないはずだった。

「在留邦人の引き揚げ船としてやってくるようです」

ヒューズ艦長もそれなら納得できた。この戦争、そう簡単には終わるまい。長期化した場合、ヨーロッパの日本人は帰国の手段を失う。今が最後のチャンスだろう。

「これが日本船でないとすると、やはりシャルンホルストか？」

しかし、すぐにレーダー室より続報が入る。問題の船舶は確かに大型だが、二隻ではなく単独行動をしているという。

「艦影から判断すれば、少なくとも一万トン級以上の大型船舶です。速力は一五ノットは出ておりますから、相応の馬力があると考えられます。

ただ、この船の目的地ははっきりしません。素直に解釈すれば、アイルランド方面を目指しているように見えますが、ブレストに向かっているとも解釈できます。現在位置から少しばかり東に針路を変えればブレストです」

ヒューズ艦長は考える。

「戦艦二隻に巡洋艦が合流しようとしているのか？」

彼にはそれが一番合理的な解釈と思われた。戦艦二隻の部隊よりも、周辺を警戒する巡洋艦が一隻でもあれば心強い。火力で圧倒できるとはいえ、戦艦で駆逐艦の相手をするのはなかなか面倒だ。そういう役目は巡洋艦が向いている。

「偵察機を出しますか？」

敵艦の可能性がある船舶を追跡中という艦内放送に対して、空母航空隊を預かるブライアン・アトウッド飛行長から問い合わせがあった。電話の向こうからは、航空隊に命令が出ないことへの飛行長の苛立ちさえ、ヒューズ艦長には感じられる気がした。

「ソードフィッシュ一機を偵察用に待機させてくれ。ただし命令があるまで出撃させるな」

「今は出さないと？」

「可能な限りレーダーで敵の正体を確かめ、奇襲をかけたい。それまではこちらの存在は秘匿する。

レーダーが捉えたのは、シャルンホルストとグナイゼナウに合流する巡洋艦の可能性がある。偵察と攻撃は三隻が合流してから行う」

「了解しました。すぐに準備にかかります」

「頼む」

電話によるやりとりはこうして終わった。飛行長との連絡と入れ替わるように、レーダー室から報告がある。

「艦長、問題の船が針路を変更しました、東です」

「やはり、ブレストか」

空母グローリアスと二隻の駆逐艦は、決定的タイミングで攻撃を仕掛けるべく、追撃を開始した。

六月八日〇七二一

「お二人を船長が呼んでいます」

一等船室で書類をしたためていた猪狩と平出は、一等航海士が現れると、すぐに異変を理解した。単に食事に呼ぶくらいなら給仕でいいのだ。

「船長は、ブリッジか？」

猪狩に対して一等航海士は、首を振る。

「通信室までご足労願います」

「通信室？」

「電探は通信室にありますので」

電波探信儀はいままでなかった機械であるため、商船はもとより海軍でさえ、明確な運用基準はなかった。

海軍の場合でも、航海に使うから航海科であるべき、無線機の一種なので通信科が扱うべき、標的との距離を計測できるなら砲術科の担当である、という三つの意見があった。

白山丸は商船のため砲術科はない。軍艦の通信科も商船では無線部となる。そしてここでも航海に責任がある航海士が担当すべきか、或いは無線機の一種として無線部が扱うべきかの論争があった。

結果として無線部になったのは、ブリッジに電波探信儀を設置する空間的余裕がなかったためだ。

通信室はブリッジデッキの下の上甲板に、無線部の乗員居住区とともに併設されていた。商船にしては多数の無線機が並ぶ通信室の一角に、メーターとダイヤルばかりの無線装置とは異彩を放つ装置があった。

丸い画面のブラウン管があり、その中心から時計回りに輝線が回転している。そして特定の位置で、光点が輝いていた。

光点はブラウン管の表示領域のギリギリの位置にあった。有効範囲に辛うじて収まっているのだろう。

猪狩と平出が現れると、飯塚船長が二人を招く。

「位置関係の問題で今は消えていますが、船舶が前方から接近してきます。単独ではなく複数の可能性もあります」

電波探信儀を扱うのは、固有船員ではなく技研から出向している技師であった。さすがに船員ではこの装置は扱えない。

「速力は一五ノットは出ています。この距離で探知できたのは相手が大型船であるからです。南下している点でイギリスからやってきたと思われます。そうであるならイギリス海軍艦艇の可能性も否定できません。特に複数の場合は」

日英が戦争をしているわけでもなく、そもそも白山丸はリバプール行きの客船だ。イギリス軍艦と接触したからといって問題にはなるまい。

猪狩はそう考えたが、平出は違っていた。彼はまず、現在位置が公海上であることを船長に確認した。

「ここがイギリスの領海内であれば、貨客船白山丸の来航は決まっているだけに問題は起きない。軍艦とすれ違ってリバプールに向かうだけだ。

だが、ここは公海上だ。再度、白山丸が臨検を受ける可能性は少なからずある。我々が白山丸であることを証明するためだけに、臨検を受け入れねばならない。

なるほど我々にやましいところはない。しかし、シンガポールの時と違って、いまは電探のアンテナをつけたままだ。取り外して隠す時間もないし、あの装置はまさにこういう状況でこそ必要な機械だ」

「電探くらいで、そう神経質に反応するかな？」

平出の警戒感は多分に神経質に過ぎると、猪狩には思われた。

「もしもこれがイギリス軍艦で、シンガポール当局に臨検の内容を問い合わせた時、あちらでは見つからなかった電探をここで発見したとなると話は面倒になる。スパイ船と言われるかもしれんぞ。最悪、拿捕《だほ》される。

平時ならイギリス当局も鷹揚《おうよう》に対応してくれるかもしれん。だがダンケルクの撤退があったばかりのイギリスで、連中が冷静に対処してくれる保証はない。

シンガポールでの臨検でさえ、彼らの対応は好意的と呼べるようなものじゃなかった。

相手の対応が国際法に反する理不尽さであったとしても、貨客船が軍艦に逆らうことも
できん。無用なトラブルは、邦人引揚げを頓挫させることになるかもしれん」

飯塚船長も同じ考えなのだろうか、平出に対して先を促す。

「それにだ、電探でわかるのは船舶の存在であって、国籍じゃない。もしもこれがドイツ
軍艦であったなら、我々がイギリスに向かっていることは、利敵行為と解釈される。

公海上での臨検はドイツ軍艦にも行える。そうなれば、やはり白山丸が積荷ごと拿捕さ
れる可能性も考えねばならん」

「つまり平出は、あれがイギリスでもドイツでも接触するべきではないというのか」

「そうだ、直ちに回避すべし！　それが一番だろう」

「ありがとう。難しい状況だけに、私も自分の判断の妥当性を確認したかった。それでお
二人をお呼びしたわけだ。協力感謝する」

そして飯塚船長は、針路を東に変え、問題の艦艇部隊をやり過ごす決断をした。

「機関長、一六ノットに増速だ！」

それは石炭ボイラーの白山丸にとって最大出力だった。

「やり過ごすなら南下では？」

猪狩の疑問に答えたのは、飯塚ではなく平出だった。

「南下したら、ずっと位置関係は変わらないし、リバプールへの到着時間が遅れるだけだろう。北に行けば正面衝突だから、残るのは西か東。現在位置からなら、東に向かえば元の航路に戻るのも最短時間でできる」

「それと」

飯塚船長が平出の話に追加する。

「現在位置からなら、東進すればほぼブレストだ。少なくとも電探が捉えた部隊がイギリス側なら、ブレストに向かう我々をフランスの船舶と判断するだろう。ならば臨検は免れよう。英仏は同盟国だからな」

六月八日〇七四二
電探が捉えた艦影は、着実に白山丸との距離を詰めてきた。有視界には相手の姿は見えない。ただそのつもりで目を凝らすと、水平線の向こうで煙が立ち上っているようにも見えなくはない。

そして電探によれば船舶が三隻であり、単縦陣で航行していることもわかってきた。

当初それは白山丸に向かって速度を上げ、その距離を急激に縮めてきた。しかし、距離四〇キロまで接近すると、速力を落とし、距離をゆっくりと縮め出した。

「どう見ます？」

飯塚船長は、この艦隊の動きを紙に書き記し、図式化していた。その上で、現役の海軍将校である平出の意見を求めた。

「まず、予想されたことだがこの部隊は電探を搭載している。一時は二〇ノット以上の高速を出していたことからも、大型軍艦を含むのは間違いない。

我々は相手が接近してきてから、電探で発見し、針路を変更したが、それに対して彼らは追跡を行ってきた」

平出はまず事実関係を船長らと確認する。

「もしも我々が彼らの標的なら、そのまま接近して、臨検なり拿捕なりの行動に出たはずだ。しかし、それはせず、あくまでも距離を置いての追跡に徹している。

彼らは我々が何者かと合流するのを待っているのかもしれない。つまり泳がされているわけだ」

「我々が合流するというと？」

飯塚船長は平出の仮説に、何か不穏なものを感じたようだった。

「電探では船は輝点でしかわからない。軍艦なのか商船なのかは、輝点の大きさや速度などから判断できるだけだ。

彼らが我々を電探で捕捉したとしても、白山丸とはわかるまい。優秀商船かもしれないし、巡洋艦かもしれない。

現在の針路なら、我々はブレストに向かっているように見える。彼らがイギリス艦隊とすれば、ブレスト周辺に集結しようとするドイツ艦隊を警戒するはずだ」

「彼らの狙いはドイツ艦隊で、我々はその案内役と？」

「そうだ船長。もちろん我々は日本船であるから、ドイツ艦隊などに案内はできないがな」

「つまり、現状はこれを放置してもいいということか」

猪狩の意見に平出はうなずく。

「そういうことだ。ドイツ艦隊がブレストに接近し過ぎれば、フランス艦隊と交戦となる。しかし、そんな情報は入ってこない。イギリス艦隊が何を考えているかわからんが、このままブレストに向かって何も起きなければ諦めて戻るはずだ」

通信室内は、そうしてほっとした空気に包まれた。だが電探担当の技師はここで新たな報告を寄せてきた。

「前方に船舶が二隻。ブレストの軍港から見ればかなり沖合です」

その報告に驚くものはいない。ブレストはフランス最大の軍港でもある。船舶が付近にいても不思議はない。ドイツ軍を攻撃するために軍艦が出動することもありえよう。

だが、そんな楽観も一〇分後には当惑に変わる。

「問題の船舶二隻、接近してきます！」

六月八日〇七五二

「FuMO27が、ブレストに向かう船舶を捕捉しただと？」

ドイツ戦艦シャルンホルストのクルト・ホフマン艦長は、レーダーを担当する兵曹長の報告に、幸先の良さを感じた。兵曹長は一万トンはあると思われる大型船舶の接近を電話報告してきたのだ。

「船舶は単独航行中で、速力は推定で一六ノットです。優秀商船か、あるいは敵軍艦でしょう。巡洋艦の可能性が考えられます」

「優秀商船か巡洋艦か……」

レーダーを担当する兵曹長はできる男だ。いい加減な憶測を述べる軍人ではない。

とはいえホフマン艦長は、イギリス巡洋艦が単独行動するというのは不自然に思った。

ブレストに向かうならフランス海軍の艦艇かもしれないが、めぼしい巡洋艦は出払っているというのが司令部からの情報だ。

「まぁ、商船であれ巡洋艦であれ、シャルンホルストとグナイゼナウが恐れるものではあるまい。むしろ敵の有力軍艦である方が、戦果を稼ぐ上ではありがたいくらいだ」

シャルンホルストとグナイゼナウの二隻は、ブレストに向かってはいたが、軍港そのものを攻撃するわけではなかった。

さすがにフランス海軍最大の軍港を戦艦とはいえ、たった二隻で攻撃するなど愚行以外の何物でもない。

彼らの任務は、ブレストから大西洋方面で通商破壊戦を展開することで、イギリス軍の海軍力を分散させ、フランス軍に対する海からの支援を牽制《けんせい》することにあった。

むろんホフマン艦長は、フランスのダンケルク級戦艦と矛《ほこ》を交わしても負けない自信はある。そもそもシャルンホルスト級は、ダンケルク級を意識していまの形になったのだ。

とはいえ、レーダーの情報では、相手は戦艦ではなさそうだ。

「ここはむしろ臨検し、拿捕するのが得策じゃないですかね」

副長のハイデマン中佐が言う。

「なぜ臨検などという手間をかけるのだ、副長？　敵の拠点近くでの臨検となれば、下手をすればフランス艦隊と戦闘になりかねんぞ」

ダンケルク級戦艦との交戦も恐れないという考えに変化はないが、ホフマン艦長は合理主義者であり、ダンケルク級戦艦と戦っても沈めるつもりはない。

そこまで深追いすればシャルンホルストとて無傷では済まない。何よりフランスは遅かれ早かれドイツに降伏する。ならばフランス海軍艦艇はドイツ海軍のものとなる。独仏の水上艦隊を以《もっ》てすれば、大西洋正面でイギリス艦隊と互角の戦いが可能だろう。

「臨検の理由は、この時期に大型船舶がブレストから脱出するならいざ知らず、単独でブレストに向かっているからです。

フランスの降伏も時間の問題というこの時期に、ブレストに向かう商船があったとすれば、その積荷は間違いなく敵性物資であり、没収すれば祖国ドイツと民族にとってプラスになります。当然、敵の馬鹿どもにとっては大きな損失です。

レーダーによれば問題の船舶はブレストに向かっているものの、まだ公海上にいます。

我々には臨検の権利がある！」

ドイツ海軍とナチスの関係は微妙だ。ナチスの党員は世間が思っているほど多くない。

ゲーリングの空軍はともかく、陸海軍はナチスとは距離を保っている。
しかし、ナチスの価値観に部分的に共鳴する人間は少なくない。積極的に支持はしないが、反対もしないわけだ。

それにヒトラーであれなんであれ、合法的政府の命令には従うのがドイツ軍の教えだ。
そのためかナチス党員ではないが、ナチスに共鳴する軍人は水面下で増えている。ナチスが大衆政党であり、ドイツ軍が国民皆兵の軍隊であれば、ナチスの影響を受けない方がおかしい。

というより、大衆の潜在的欲求を汲み取り、可視化させて政治勢力にまとめあげたのがナチスならば、多くの軍人がナチス的な価値観を共有できる道理だ。

とはいえ富裕な地方領主だったという家柄のホフマン艦長には、ミュンヘンの商家の倅《せがれ》だったハイデマン副長とは、本質的に合わない感触があった。

何より我慢ならないのは、ハイデマン自身はホフマンと良好な関係だと思っているらしいことだ。この鈍感さがなければ、ナチスと価値観を共有できないのか？　と思うことも多い。

「臨検するかどうか、それは艦長である私が判断する」

僚艦である戦艦グナイゼナウのハラルト・ネッツバント艦長より自分が先任将校であるの

で、臨時編成の戦艦二隻の部隊はホフマンの指揮で動く。だから彼が臨検をしないなら、グナイゼナウもしない。

「わかりました」

ハイデマン副長は、それ以上は臨検を主張しなかった。そこがこの男の不思議なところだ。艦長の命令にはいったん異議を唱えるくせに、それでも命令すれば、真面目に実行する。彼の中では、これが矛盾しないらしい。

こうして戦艦シャルンホルストとグナイゼナウは、レーダーが発見した問題の船舶へと舵を切った。

六月八日〇八〇二

「やはりそうか」

空母グローリアスのヒューズ艦長は、レーダー室からの報告に納得した。

少し前から追跡している大型船舶は、ブレスト方面から現れた大型船舶二隻と合流しようとしている。

つまり追跡している船は東に向かい、その船に向かって二隻の大型船舶が接近しているのだという。

海軍司令部からは、シャルンホルストとグナイゼナウの現在位置が不明であるものの、状況から判断して大西洋方面に抜けようとしていると推測されるとの情報が入っていた。ブレスト周辺での通商破壊作戦を展開するらしい。

ブレストを奇襲するのではないかという当初の予想は外れたようだが、こんな予想なら外れてくれて幸いだ。

「飛行長、準備はどうか？」

ヒューズ艦長に対して、電話口のアトウッド飛行長の声は冴えない。

「やや遅れております、その、一〇分ほどですが」

「なぜ遅れているんだ？」

「整備員と兵器員に新米が多く、手順がどうももたつきまして」

「最善を尽くせ」

ヒューズ艦長は、アトウッドにそう言って電話を切る。この期《ご》に及んでとは思う。しかし、空母グローリアスに限らず、ドイツの本土侵攻も予想されるいま、動員はなされ、結果として戦場には知識はあるが経験のない新兵が増えている。

出撃準備の一〇分の遅れは、時に致命傷になる。敵の航空機が目の前にいるのに即応できないなら、航空機が何機搭載されていても、戦力としてはゼロに等しい。

ただ、この程度の遅れなら、艦長の能力で挽回は可能だ。いま追跡している敵部隊が白分たちに攻撃を仕掛けるとすれば、三隻が合流してからだ。その分の時間的余裕はある。

そして、自分たちも敵部隊に対して十分距離を置くべく操艦すれば、敵の攻撃も避けられる。相手が空母なら致命的だが、戦艦の射程圏外を維持しているならば問題とはならないわけだ。むろん乗員の練度はそれとはまた違う問題だが。

「仮にこの三隻がドイツ海軍の有力軍艦なら、この奇襲攻撃は戦争の流れを変えるかも知れん」

ヒューズ艦長はそう思った。

六月八日〇八一二

「二つの部隊に挟撃されようとしているのか？」

飯塚船長をはじめ、平出も猪狩も電探の画面の動きをどう解釈すべきかわからなかった。

素直に解釈すれば、自分たちを五隻の艦艇が東西から挟撃しているとしか思えない。

しかし、それはどう考えても不合理だ。白山丸が何か重要な物資なり人員を運んでいるとてもいうならともかく、これは邦人引き揚げ船であり、そんな物資も人材も乗せていない。

「取舵九〇度！」

飯塚船長が伝声管で、ブリッジに命じた。東西から挟まれるなら、北上して逃げるよりない。逃げられるかどうかはともかく、時間は稼げる。

「西方の部隊より航空機が発進しました。数で一〇機以上になります」

電探を扱う技師が悲鳴のような報告をしてきた。

「空母が来るのか！」

一体何が起ころうとしているのか、猪狩にはまるでわからない。

六月八日〇八二三
「問題の艦船をイギリス空母が追跡しています！　航空隊が出撃しました！」
ホフマン艦長がレーダー室からの報告で真っ先に感じたのは、罠ということだった。
イギリス海軍はホフマンたちがブレスト周辺で通商破壊戦を行うことを察知し、それをおびき寄せるために商船を航行させた。そしてホフマンたちが現れたら、艦載機で奇襲を仕掛ける。

なるほど単純だが効果的な作戦だ。だがホフマン艦長はこれに動じることなく、僚艦グナイゼナウに対空戦闘準備を命じるだけだった。

シャルンホルストもグナイゼナウも、ハリネズミのように対空火器を擁した浮かぶ要塞だ。一〇機や二〇機の攻撃機では、この要塞に接近することは不可能だ。

「敵空母に向かって最大戦速で進め！」

ホフマン艦長は機関部に命じる。囮《おとり》の商船などには用はない。航空隊を対空火器で撃ち落とし、空母を砲撃できるまで接近すれば、勝利は明らかだ。

進行方向には囮らしい大型商船の姿がおぼろげに見える。客船の類《たぐい》らしい。

砲撃を仕掛けようかと思ったホフマン艦長だが、それは思いとどまる。まだ射程距離外であるし、客船を撃つ前に対空戦闘が始まるだろう。まずはそちらを優先する。

艦橋の電話機が鳴り、ホフマン艦長がとる。

「レーダー室です。艦長、レーダーが機影を捉えました。空母とは別物です。単独で飛行する大型機です」

レーダー室からの報告は、空母艦載機とは別の飛行機の接近を知らせるものだった。

「北上しながら我々に接近してきます」

「北上で間違いないな？」

ホフマン艦長はレーダー室に念を押す。なぜなら報告通りなら、それはスペインから出撃したことになる。

「しかし……」

「しかし、どうした？」

ホフマン艦長の問いに、電話の相手は躊躇《ためら》いつつ数値を口にする。

「大型機の速度は時速五〇〇キロを超えています！　こんな大型爆撃機、どこの国にもありません！」

4章　コンドル

六月八日〇八二二

　空母グローリアスから出撃した戦闘機、雷撃機は、空母を順次周回しながら集結を終えた。総勢二〇機の編隊である。この時点で、空母グローリアス隊、客船、戦艦シャルンホルスト隊の三者は東西方向にほぼ直線上に並んでいた。

　航空隊からは、それらの姿を目視できた。空母より約二五キロメートル離れた位置の客船は、針路を東から北に変更していた。それに対してシャルンホルスト隊は西に向かっていた。

「問題の船舶はドイツ巡洋艦ではなく、日本の客船である。繰り返す、北上中の船舶は日本の客船！」

空母グローリアスの航空隊には意外な事実だった。

ただ、追跡は無駄ではなかった。その日本の客船より東に約二五キロの位置に、探していたシャルンホルスト隊の戦艦二隻の姿があったからだ。

ドイツ海軍の有力戦艦が現れたのなら、まさに好都合ではないか。だが航空隊がシャルンホルスト隊に向かおうとした時、新たな命令が下る。

「南南東より大型機が単機接近中。その正体を確認し、敵機の場合は撃墜せよ」

敵戦艦を前の針路変更は航空隊指揮官も本意ではないが、艦載機全てが出撃しているいま、敵機から空母を守る戦闘機は残っていない。迎撃できるのは自分たちだけだ。

問題の大型機はかなり空母に接近していた。レーダーは作動していたのに、まるで空中に突然現れたかのように六〇キロメートルほど離れた位置にいる。

航空隊指揮官は低速のソードフィッシュ部隊をそのままシャルンホルストに向けて前進させ、フルマー戦闘機隊を分割し、四機が大型機に向かう。航空隊指揮官は本隊に残りシャルンホルストに向かい、戦闘機隊の指揮官は大型機迎撃に向かった。

「確認した、接近中の大型機はコンドル！」

コンドルとはフォッケウルフ社のＦｗ２００爆撃機の呼び名だ。

ドイツからなら南南東よりやってくるのはいささか不自然だが、飛行機なら方向はいくらでも変えられる。

四機のフルマー戦闘機は、二機一組で左右両側から攻撃する態勢をとった。四対一で負けるはずもない。

驚いたことにコンドルは、戦闘機隊の接近に速度を下げ始めた。さらに、銃弾を命中させろと言わんばかりに、針路を変えようともしない。

コンドルの意図は不明だが、まず左翼方向から先行する二機のフルマー戦闘機が銃撃を加えた。

しかし、銃弾は命中しない。コンドルは悠然と飛び続けている。

「なぜだ？」

指揮官も銃弾が命中しない理由がわからなかった。しかし、曳光弾の光跡から彼は理由がわかった。

ドイツ軍のコンドルは全幅三二メートルほどだが、目の前の四発機はそれよりも大きいのだ。このためパイロットたちの距離感が狂ったことが銃弾が外れた理由だ。

最初の銃撃に失敗した二機はコンドルの右翼側に抜ける。そしてやはり右翼側に待機していた後攻の二機が銃撃をかけようとした時だった。

コンドルの機体上部の連装機銃が先行の二機に銃身を向け、下部の連装機銃が後攻の二機を狙う。

そして機銃の銃口が光り、次の瞬間、四機の戦闘機はほぼ同時に爆発し、空中で四散した。戦闘機隊はこうして全滅した。

六月八日〇八二五

「四発重爆か？」

猪狩と平出は、南南東から大型機が接近するという電探の報告に、ブリッジの両脇にあるウイングに飛び出し、該当する方角に双眼鏡を向けた。平出の双眼鏡は船の備品だが、猪狩のはカールツァイスの私物である。

「あれか……」

猪狩の双眼鏡の視界の中に四発の大型機の姿があった。彼の記憶が正しいなら、それはFw200という洋上哨戒爆撃機であったはずだ。じっさい機体にはドイツ空軍のマークが見える。

「イギリス軍の戦闘機隊がきたぞ、四機だ！」

平出は猪狩とは別の方向を見ていたのか、戦闘機隊の接近を認めた。

「戦闘機が四機だ。あの爆撃機もおしまいだな」

海軍将校の平出がつぶやく。猪狩もそんなものかと思った。しかし、二人の目の前で起きたことは全く違った、
戦闘機の攻撃が失敗するのはまだしも、爆撃機の反撃により、数秒で四機の戦闘機が空中で爆発した。破片が海面に落下し、豪雨にでもあったような水飛沫が上った。

「何が起きた！」

平出は現役の海軍軍人として、目の前の光景が信じられないらしい。猪狩にしても戦闘機と爆撃機の火力の応酬を予想していただけに、ほぼ同時に四機の戦闘機が撃墜された光景が信じられない。

「猪狩、何か見たか？」

「爆撃機の機銃が一瞬、光ったように見えたが、それだけだ」

「それが砲口炎だとしたら、あの機銃は一撃で戦闘機を撃墜したことになる。わかるか、あの爆撃機の機銃は百発百中だ！」

「ドイツ軍はそんな技術があるというのか？」

「あるはずがないだろう！　こんなバカなことがあるわけないんだ！」

平出は海軍でも砲術の専門家だった。指の血色がうせるほどの力で、彼はウイングの欄

干を摑んでいた。

四機の戦闘機を撃墜すると、四発機は針路を変更した。白山丸から見て西に向かうらしい。

「空母を仕留めに行くのか」

猪狩が双眼鏡を向けると、すでに視界の中にはイギリス空母の姿がある。艦の全長に対して飛行甲板の短さが目立つ不格好な形状は、彼が記憶する限り空母グローリアスであった。

爆撃機は爆弾倉を開いている。戦闘機を全滅させた五分後、〇八三〇のことであった。

六月八日〇八三〇

「全滅しただと！」

空母グローリアスのヒューズ艦長は、接近するコンドル爆撃機が四機のフルマー戦闘機に撃墜されるものと信じていた。艦橋からコンドルに双眼鏡を向けた時も、炎上し、墜落してゆくコンドルの姿を思い描いていた。

だが現実は、撃墜されたのは四機のフルマー戦闘機の方であり、コンドルは悠然と飛行を続けている。

「ドイツ空軍の新型機か？」

ヒューズ艦長には、なんの変哲もないコンドルに見えたが、その圧倒的な戦闘力はかつてないものだ。

そして戦闘機隊を全滅させたコンドルは、着実に空母との距離を縮めている。急激に加速しているようだ。

「レーダー室、あの大型機の速度はわかるか？」

「少なくとも毎時三一〇マイル（約五〇〇キロ毎時）は出しています！」

「やはりか……」

ヒューズ艦長は力なく受話器を置く。コンドルはせいぜい毎時二五〇マイル（約四〇〇キロ毎時）しか出せないはずだった。

ヒューズ艦長はシャルンホルストに向かわせた戦闘機隊を呼び戻すことを考えたが、それは止めた。最高でも毎時二五〇マイルのフルマー戦闘機隊を呼び戻しても、現状では間に合わない。

それよりも空母グローリアスの対空火器による敵機の撃墜だ。爆撃機の照準装置が如何に正確でも、空母に近寄れねば爆撃などできない。対空火器の弾幕の中に飛び込まねば、爆撃は不可能なのだ。

すでに兵士たちは配置に就き、高角砲や対空機銃が、コンドルに照準を合わせる。

「対空戦闘始め！」

兵器担当将校の命令とともに、高角砲が一斉にコンドルへの攻撃を開始する。砲撃には距離があったため、コンドルの周辺には砲弾が炸裂した赤褐色の煙が広がる。しかし、機体は無傷だ。

そして爆弾倉からは一発の大型爆弾が投下された。

「馬鹿か、あの距離では命中するわけないだろ！」

ヒューズ艦長をはじめとして、空母グローリアスの乗員たちは誰もがそう思った。そう、この時は。

六月八日〇八三七

「あんな場所で爆弾を投下するとは、どういうつもりだ？」

猪狩は双眼鏡から目を離して、四発機と空母の位置関係を確認した。どう考えても、あんなに離れた場所で爆弾を投下しても命中するはずがない。

投下された爆弾は、かなり細長く、喩えるなら短めの魚雷のように思えた。しかし、ここで予想外の変化を遂げる。爆弾の本体から短い翼が伸びたのだ。

それでも滑空するだけなら飛距離は伸びず、方向制御にも限度があるはずだった。だが、この爆弾には何らかの推進装置があるらしい。

猪狩の双眼鏡の中で、プロペラのようなものは見当たらなかったが、滑空する爆弾の後部で、強い熱を発する陽炎《かげろう》のような空気の揺らぎが見えた。

実際に爆弾は高所から投下しただけでは説明がつかないほど速力を上げ、さらに大きく針路を変更すると空母グローリアスに向かって直進する。

四発爆撃機に照準を合わせていた空母の対空火器は、この滑空爆弾にはまったく対処できなかった。爆弾が自走するなど想定外のことであったし、何よりも爆弾の速度は最大速力の戦闘機並みの水準に達していた。

投下した爆撃機よりも高速なだけでなく、おそらく音速にも迫っていたのではないか。猪狩は直感的にそう思った。

爆弾は対空火器の弾幕をものともせずに直進し、空母グローリアスの手前で急上昇すると、飛行甲板目掛けてほぼ垂直に直撃した。

空母グローリアスを中心に、海面へ同心円状に衝撃波が広がった。空母の舷側窓や開口部からは、恐ろしい勢いで火炎が噴き出し、飛行甲板には火柱が上った。

空母のあちこちから、船体の部材の一部が爆弾の衝撃で飛び散り、周辺の海面に落下、大小様々な水柱を作り出した。

そして一分もしないうちに、空母は中心部から二つに折れて轟沈する。猪狩の視界の中に、脱出できた生存者の姿はなかった。

「平出、見たか？」

「お前も、見たな、猪狩？」

「見た、信じられるか？」

「信じられん。活動中の軍艦を航空機で撃沈できることをドイツ空軍が証明したらしい」

平出はコンドルの秘密を見逃すまいと双眼鏡を両手で摑むと、その針路を追い続けていた。

空母グローリアスが旧式な軍艦であるのは確かだろうし、空母は戦艦よりも脆弱《ぜいじゃく》なのも間違いない。

だが、そうだとしても何万トンもある大型軍艦が、たった一発の爆弾で、二つに折れて轟沈してしまうなどあり得ない。

「猪狩、わかるか？　世界の海軍史はたったいま変わったんだ。ドイツはとてつもない新兵器を開発してしまった。列強の大艦巨砲は、ドイツの新型爆弾で吹き飛ばされたんだ！ ドイツこそ、世界最大の海軍国になったんだ！」

「落ち着け、平出！ どうも、何かおかしいぞ」

猪狩の言葉に、平出は自分の危機感を理解してくれない友人に、怒ったような視線を向ける。

「何がおかしいというのだ！ 爆弾の威力をお前も見ただろう！」

「もちろん見た。だがな、どうもおかしい」

「何がだ？」

「まず、あの四発機、どうして空母の存在を知った？ 四発機が空母撃沈を目的としていたことはあり得ないはずだ。あの空母は我々を追跡してここまで来たんだ。我々は空母の存在を知らず、空母も我々の存在は知らなかっただろう。

白山丸は予定より数時間も早く、リスボンを後にしたのだ。しかも、当初はポーツマスを目指していた。我々自身が針路予想を立てられなかったものを、何人《なんぴと》も待ち伏せもできまい。

この海域にイギリス部隊と我々がやってきたのは偶然に過ぎない。その偶然を、あの四発機はなぜわかった？」

「それは通信傍受か何かじゃないのか？」

そう言いつつも、平出も先ほどの勢いはなく、冷静さを取り戻しつつあった。猪狩はさらに疑問点を突きつける。

「だとしてもだ、空母と白山丸の遭遇から一時間程度だ。無線傍受であの四発機が飛び立ったとしても、ここから半径五〇〇キロ以内から出撃しなければ計算が合わん。確かにその範囲に陸地はある。しかしだ、それはスペイン領かフランス領内なんだよ」

「ドイツ軍が占領したフランスのどこかか？」

「ドイツ軍はパリにも到達していないんだぞ。ドイツ軍占領地からやってくるなどありえん。それにドイツ軍占領地から飛ばすなら、空母を攻撃するよりパリを爆撃するだろう。いいか、あれがドイツ軍機だとしたら、もっと他に攻撃すべき目標があるはずだ」

「ドイツ軍機ではないというのか？」

猪狩はうなずく。

「どうして我々はあれをドイツ軍機と思った？　機体にドイツ軍のマークがあったことと、形状がＦｗ２００に似ているからだ。どこの誰が操縦桿を握っているのか、それを確認したわけじゃない」

でもあるのだ。

平出はそう口にするも、最後までは言葉にならない。飛行機などの国籍を偽るなというのは、裏返せば、そうした方法で敵を欺《あざむ》こうとする戦術が何度も取られているということでもあるのだ。


「あれがドイツ軍機を装っている何者かなら、それは誰だ？」

平出は猪狩に詰め寄る。彼自身、混乱しているのだろう。

「わかるか、そんなもん。欧州情勢は複雑怪奇なんだぞ」

すると、船内放送のスピーカーが警告する。

「大型爆撃機が本船に向かって接近中、各員、警戒せよ！」

事実、四発機は空母を撃沈すると、そのまま白山丸へと急激に接近してきた。爆弾倉の扉は開いたままだ。

「いや、大丈夫だ」

猪狩は気がついた。

「何が大丈夫だ、猪狩！」

「あの新型爆弾、滑空して速度を上げていただろう。衝突前に運動エネルギーを蓄える必要があるなら、この距離だと近すぎないか。あの空母はもっと遠くから攻撃されていたぞ」

「空母と商船は違うだ……」

平出がそう言った時、すでに四発機は白山丸の手前まで接近していた。そして何かの思惑があるのか、爆弾倉を開いたまま白山丸の上空を通過した。

猪狩はほとんど条件反射で、双眼鏡を真上にあげ、爆弾倉から一瞬だけ機内の様子が見えた。

そこには二列の爆弾架があり、一列は空で、残り一列に細長い新型爆弾が懸吊《けんちょう》されていた。

「まだ一発あるのか」

六月八日〇八四二

「敵空母、消失しました！」

戦艦シャルンホルストのレーダー室からは、興奮した声で電話報告があったが、ホフマン艦長は素直に喜べなかった。

「大戦果にもかかわらず、浮かない顔ですね、艦長？」

「我々の獲物を横取りされたのだ、喜べるかね？」

「なるほど」

ハイデマン副長は、そんな単純な嘘で納得した。しかし、むろんホフマン艦長が素直に喜べなかったのは、獲物を横取りされたためではない。

彼が憂慮するのは、ドイツ空軍が敵空母を轟沈させてしまったことだ。肉眼では相手は確認できないのだが、無線室は、接近中の敵航空隊が盛んに「コンドル」という単語を連呼していたと報告していた。

コンドルとはドイツ空軍の大型爆撃機であり、それが敵空母を攻撃して沈めたというのは、ドイツ人としては誇るべきことであり、また喜ぶべきことだろう。

ただドイツ海軍軍人としてはそうもいかない。ドイツ空軍のゲーリング元帥は、空を飛ぶものなら凧でも自分の管理下に置きたがる男だ。

事実、このシャルンホルストは海軍の軍艦だが、搭載している四機の水上偵察機だけは空軍の管轄だ。つまり海軍の戦艦に、一部だけ空軍の領地があるようなものだ。

ドイツ海軍はイギリス海軍と対抗するために、戦艦ビスマルクをはじめとして有力軍艦の建造計画をもっていた。しかし、大量の鉄材をはじめとする資源を必要とする大型軍艦に、陸空軍の抵抗は根強い。

重巡一隻を建造する鉄で、重戦車なら一〇〇両、軍用機なら一〇〇〇機は製造できるくらいのことは、連中は平気で言ってくる。

そんな中で空軍の爆撃機がいとも簡単に空母を沈めたとなれば、水上艦艇の建造中止など良い方で、シャルンホルストやグナイゼナウの解体、再資源化という話にならないとも限らない。

「対空戦闘準備、敵編隊接近中！」

艦内スピーカーが、戻るべき母艦を失った航空隊の接近を告げる。今はこの一六機の敵編隊からシャルンホルストとグナイゼナウを守り切ることだ。水上艦艇が、少なくともイギリス軍機には勝てることを示さねば、ドイツ艦隊はドイツ空軍に背中から剣で刺されることになる。

「友軍機接近中、敵編隊と三〇秒後に接触！」

そのアナウンスを耳にしたホフマン艦長は、レーダー室に電話で確認する。驚いたことに空母を仕留めたコンドルらしき大型機は、敵編隊の真後ろから接近し、それを追い越しそうな針路をとっていると言う。

「すばらしいですな、艦長」

ハイデマン副長は、珍しく感極まった表情をしていた。

「このコンドルは自分に攻撃の矛先を向けさせることで、シャルンホルストとグナイゼナウを守ろうとしているんですよ！　これが同胞愛でなくてなんでしょうか！」

何か疲れた感じがしたので、ホフマン艦長は副長の声が聞こえなかったように装う。旧式とはいえ敵空母を轟沈させたほどの高性能爆撃機が、自己犠牲で敵編隊に飛び込むわけがないではないか。相手が一六〇機というならまだしも、一六機なのだ。たかが一六機の航空隊に、シャルンホルストやグナイゼナウが沈められるわけがない。自己犠牲など必要ないのだ。

そもそも相手は、爆撃機よりも時速二〇〇キロは鈍足なのだ。接触しても戦闘にもなるまい。

イギリス軍機と大型機が接触したのは、シャルンホルストにかなり接近した頃だった。日本の客船と自分たちの中間地点くらいだ。ホフマン艦長は、まず敵編隊に双眼鏡を向けたが、視界に入ったのは、大型機のほうだった。

四発のコンドルは、もともと旅客機として設計されたものを軍用機に転用したので、第一線の軍用機としては制約が多いとは聞いている。

そして信じられないことが起こった。一六機の戦闘機や攻撃機がコンドルに対して動き出すよりも早く、次々と四散し、墜落してゆくのだ。曳光弾さえ飛ばず、何が起きたかわからないが、フルマー戦闘機もソードフィッシュ雷撃機も空中で爆発し、残骸が海面に雨のように降ってくる。

そしてコンドルは何事もなかったかのように、シャルンホルストに向かって飛んでくる。

「何でしょうか、艦長！」

鈍感なハイデマン副長も、流石に目の前で起きたことが尋常な出来事ではないとわかったらしい。

「対空火器で敵編隊が全滅したんだ。これは現実のことなのか？」

敵編隊の一機、二機を撃墜するならわからないではないが、全滅などありえない。ただ一機が十数倍の敵機を撃墜した例など、どこの国にもないのだ。

しかし、シャルンホルストとグナイゼナウの甲板上では、乗員たちがコンドルの圧倒的な勝利にわき上がり、歓声を上げていた。

その大歓声も次の瞬間に困惑に変わる。爆撃機が爆弾を投下したからだ。

「何を考えているのだ？」

投下された爆弾は通常よりやや細長く見えたが、その爆弾から翼が展開し、滑空し始めた。それはパイロットでも乗せているかのように舵を切り、シャルンホルストに向けて高速で接近してくる。

「対空戦闘開始！」

ほとんど反射的に砲術長が命じるものの、敵編隊が全滅したことで、一度は対空戦闘配置に就いていた将兵も緊張が緩み、即応は難しい。

それでも対空火器による散発的な攻撃は始まったが、流石に爆弾を撃ち落とすような訓練は誰も受けていない。さらに投下された爆弾は想像以上に高速だった。

高角砲弾が炸裂する茶褐色の煙の中を、有翼爆弾は高速で飛んでくる。そしてついにシャルンホルストの上甲板を貫通するかのように、垂直に船体に衝突した。

有翼爆弾は、遅発信管を装備しているのか、ほぼ機関部あたりまで貫通してから起爆した。弾頭は通常の火薬以上の破壊力をもっていた。

ボイラー室と隣接する発電機は隔壁もほとんど役に立たないまま破壊されてしまう。ドイツ海軍の軍艦は諸外国よりも高温高圧の蒸気を利用していたため、ボイラーの破壊で解放された高圧蒸気もまた機関部の損傷を拡大する方向に働いた。

その結果、戦艦シャルンホルストの艦底部分は破壊された。深刻な損傷を負った船体は、水圧に耐えられず艦底部から大量の浸水を招いた。

隔壁を閉鎖する機関部の人間は、すでに死傷しており動けない。そもそも閉鎖可能な隔壁など存在していない。機関部が破壊され、シャルンホルストは航行不能であり、排水や消火を行うための電力も途絶していた。

乗員の誰もが、戦艦シャルンホルストに何が起きたのかを把握することさえできなかった。

ホフマン艦長は有翼爆弾の爆発の衝撃で、艦橋から飛ばされたが、何とか起き上がる。艦の状況を把握しようとしたが、何かがおかしい。

それは平衡感覚だった。明らかにシャルンホルストは傾斜している。最初は投げ出されたショックのせいかと思った。しかし、違う。周囲のペンが転がっている。しかも艦橋内は照明が消え、暗い。

辛うじて電話機を取るが、使用不能だった。何の反応もない。

彼の他にブリッジで気がついた部下たちも、やはり傾斜を感じていた。ホフマン艦長自身、近くのパイプにしがみつかねば立っていられない。

そして彼は、片舷の窓から海面が見えることに驚いた。すでに甲板の一部が海面下にあるのだ。

「そんな馬鹿な！」

彼が状況を理解するより前に、戦艦シャルンホルストは左舷側を傾斜させたまま転覆し、沈没してしまった。

すべての展開が数分での出来事だった。戦艦グナイゼナウが慌てたように四発機に対して対空火器を行使するが、それは悠然と射程外へと飛び去っていった。

貨客船白山丸はイギリス艦艇とドイツ艦艇に対して、救難支援の申し出を行なったが、両方から丁重に断られた。その理由は同じであった。

「生存者の確認は困難と認められる」

七月八日ベルリン郊外

イギリス空母グローリアスとドイツ戦艦シャルンホルストが、たった一機の「ドイツ軍機を装う」爆撃機に撃沈されたことは、公《おおやけ》にはされなかった。

この件に関しては、英独海軍が事前に打ち合わせたかのように、同じシナリオが発表されていた。つまり空母グローリアスの部隊と戦艦シャルンホルストの部隊が遭遇し、戦艦は砲撃により、空母は航空隊により、それぞれ敵艦を撃沈したというものだ。すでにブレスト沖海戦と命名までされていた。

イギリス海軍は海軍航空隊の偉業を称え、ドイツ海軍は一人も持ち場を離れずに敵空母撃沈を成し遂げた英雄たちを称賛した。

電波探信儀のアンテナを再び隠してリバプールに入港した貨客船白山丸も、この異常事態についてはイギリス当局に説明することなく、自分たちは無関係であるという姿勢を貫いた。

空母グローリアスと行動を共にしていた二隻の駆逐艦はレーダーを搭載しておらず、貨客船白山丸の存在を把握していなかったため、このことも白山丸が当局に関心を持たれなかった理由らしい。

救難要請の件についても「攻撃を受けて艦が沈むという通信を傍受したから確認した」との説明で納得された。

ただ非公式に「大型爆撃機を目撃しなかったか？」という問い合わせがあったが、「そのような航空機は感知していない」という返答で終わった。

白山丸がリバプールで邦人を収容したのが六月九日。翌日に、イタリアがイギリス、フランスに宣戦布告した関係で、まずジブラルタルで足止めを喰らった。それから何とかマルセイユに入港するも、ナポリに向かう航路上で、一四日にドイツ軍がついにパリに無血入城したことを知る。

こうした西部戦線の影響から、白山丸がナポリに入港できたのは六月一五日であった。

イタリア参戦により、スエズ運河を利用することは危険と判断され、白山丸は再びジブラルタル海峡を通過し、ケープタウン経由で日本へと向かった。

一方、猪狩と平出は、ナポリで船を降りるとそのままローマに向かった。

猪狩は、平出のように大使館付き海軍武官という身分がない。あくまでも元禄通商の人間である。その猪狩のイタリアでの行動を保証してくれるのは、佐藤遣伊経済使節団の一員という肩書きだった。

これは日伊修好七〇周年記念及び両国の経済問題協議のために組織されたものだった。使節団は佐藤尚武《さとうなおたけ》大使を団長に小林一三《こばやしいちぞう》、片岡安《かたおかやすし》を三代表とするもので、末端まで数えると経済人はもとより陸海軍の軍人も含む総勢一二五人を数えた。猪狩は元禄通商代表として参加し、平出は大使館側の人間として随行していた。

佐藤遣伊経済使節団本隊は、白山丸より一足早く日本郵船の貨客船榛名丸にて五月下旬には入欧していた。ちなみに榛名丸はスエズ運河を経由して帰国している。

ローマで猪狩は、佐藤大使の随行員の末席からベニト・ムッソリーニ統領その人を直《じか》に見ることができた。そうした首脳会見の他に、トリエステの造船所見学や飛行機工場の視察などにも猪狩はついて行った。さすがにここでは白山丸の時のように平出と一緒ではなく、むしろ顔を合わせる機会は少なかった。

そうしたイタリアでの日々の中で、猪狩は精力的にヨーロッパ情勢の情報を集めていた。

事態の変化が激しいために、集めるというより、取捨選択に忙殺されたというのが正確かもしれない。

何しろイタリア到着の一週間後の六月二二日には独仏休戦協定が結ばれ、西部戦線はドイツの勝利で終わった。その前後の軍事情勢やヴィシー政権の動きを追うだけでも大仕事だった。

そして遣伊経済使節団は、陸路でドイツ国内に向かい、政財界の代表と会見することとなった。

イタリア訪問後のドイツ行きに関しては、日本を発つ前から話はあった。ただ詳細は決まっていなかった。ほとんどの旅程が急遽決められ、極端な話、午後の予定を午前に準備するような有り様だった。

実はこれ以前に日独伊三国同盟を結ぶという話が日本国内では起きていた。独伊と結んでアメリカやソ連を牽制《けんせい》するという構想だ。しかし、三国同盟への動きは昭和一四年の独ソ不可侵条約締結で一度頓挫してしまう。日独でソ連を挟撃するという陸軍側の構想は、この不可侵条約で吹き飛んでしまった。

そうして三国同盟の動きは止まっていたが、ドイツのポーランド侵攻とその圧倒的な勝利から、再び三国同盟への積極派が動き出す。この遣伊経済使節団のドイツ訪問は、そうした文脈の上で計画されていた。

遣伊経済使節団は特別列車でドイツに移動し、さらにベルリンに向かった。

猪狩と平出は専用のコンパートメントを与えられ、収集した情報の整理に追われていた。

そんな中で、猪狩が息抜きにしていたのはスケッチだった。

「何だ、風景を描いているのじゃないのか？」

友人のスケッチを覗き込みながら、平出は目を細める。猪狩が描いていたのは、あのグローリアスとシャルンホルストを一撃で沈めた、Fw200そっくりの四発機の姿だった。

猪狩は白山丸の上空を通過した時や有翼爆弾を投下したときも含め、幾つものスケッチを残していた。

今回のような、特に重要な事件については、新たに描き起こすこともある。記憶を衰えさせないためと、後から気がついたことを反映させるためだ。そういう時はゼロから描き始める方がいい。

新しいスケッチは平出の記憶をも呼び起こしているようだった。

「そういえば、猪狩はカメラは持参していないのか？」

「こういう仕事の時は持ち歩かん。外国人がカメラなんぞ持ち歩いていたら、スパイと思われても文句が言えないご時世だぞ」

スケッチブックに向かいながら、猪狩は言う。

「実際似たようなもんだしな」

「馬鹿やめろ！」

「すまん」

平出は素直に頭を下げる。駐在武官とはいえ、平出は脇が甘いという印象をイタリアに来てから猪狩は感じていた。情報分析には秀でているが、異国での情報収集には、まだここが外国という意識の切り替えができていないように見えた。

「元禄通商でも、不用意にカメラで写真を撮影して官憲に逮捕されたような奴もいるんだ。そんなものは持ち歩かないのが一番だ。

それよりも記憶が鮮明なうちにスケッチにした方がいい。描いていて思い出すことや理解できることもあるからな」

「それで何かわかったか？」

「わかったかと言われても、俺は飛行機の専門家じゃないからな。ただ気になる点がある。防御火器の数と位置だ。機体中央の上下に連装機銃が一基ずつ。調べたがFw200の防御火器は機体上下にあるが、連装じゃないし、もっと機首の部分だ。そして数が多い、六丁くらいあったはずだ」

るだろう。
手も足も出ない。単純な幾何学の話だ。こんな爆撃機を作れる連中なら、これくらいわか
「配置だよ。機体中央の上下だけなら、防御火器の死角が大きい。至近距離に入られたら、
「それで？」

死角が多いのも承知でこの配置というのはただ、敵機を至近距離まで近づけないという自信の表れなんだと思う。じっさい敵機は鎧袖一触《がいしゅういっしょく》だったからな」

平出は他にもスケッチを確認する。その中には例の有翼爆弾も描かれていた。

「爆撃機から空母部隊が攻撃される図か、大きさはともかく位置関係は正確だな」

平出の感想はそれだけだった。猪狩は見たままを描いただけだったが、考えてみれば、爆撃機の高度や艦艇との距離などは、有翼爆弾の性能を分析する上で重要だろう。

猪狩自身が驚いたのは、現地でのスケッチにはどれも無意識に、鉛筆で時間が記されていたことだ。何キロを何分で移動したか、それは速度を割り出すには、重要な情報だ。

そうして猪狩と平出は遣伊経済使節団と共にベルリン入りした。ドイツ側も日本に自分たちの優位を印象付けようと、様々な工場見学などを設定してくれた。

猪狩が特に印象を受けたのはユンカース社の飛行機工場だった。材料の搬入から完成品の飛行まで工程ごとに一九のステーションに分かれ、効率的に半製品が流れて行くタクト

方式は、日本を発つ前から特に研究するように言われていたものだ。

日本でもアメリカ式の流れ作業は知られてはいたが、イデオロギー的に「英米の資本主義的な流れ作業方式は国情に合わない」という空気が強いため、なかなか導入されなかったものだ。

この点ではドイツも同様の考え方がある。そうした中で米国流の流れ作業方式とは別の生産方式であるタクト式に、軍需生産の効率化を期待したのであった。

さすがに軍用機工場での写真撮影は禁じられていたが、陸軍将校の中にはカメラを持ち込み工場の警備員に没収される者もいた。だがカメラを持参しない猪狩には、警備員も警戒を緩めていた。その間に彼は内部の様子をしっかりと脳裏にとどめ、ホテルに戻るとスケッチに描き起こしていた。

そうしてホテルに戻ると、ドイツ側からの招待状が猪狩と平出に届いていた。佐藤大使ら首脳陣とは別に、経済界や駐在武官などの実務者だけを招いた空軍の見学会をするというのだ。

三国同盟を考慮の上で、ドイツ側が軍事色の強い見学を用意するのは理解できる話だ。

その中でもドイツ側は、日本よりも劣る海軍力はもとより、自慢の陸軍力よりも、空軍力を日本の使節団に誇示していた。軍用機工場の見学もその一環だ。

見学予定日は七月八日で、使節団の宿泊先のホテルに迎えの自動車が来るという。

当日の朝になり、見学を認められた使節団の面々がホテル前に集まる。総勢二〇名ほどだった。一行はやってきたオペルのバスに乗せられ、ベルリンを抜け、郊外に向かった。

二時間ほど移動したのちにバスは目的地に到着した。車を降りたところには、雛壇のような場所が設置され、ドイツ国旗と日章旗が掲げられている。促されるままに指定の位置に移動し、ドイツ空軍の高官や基地の司令官らしい佐官級クラスの軍人たちの挨拶を聞く。

さすがに陸軍士官学校でドイツ語を学んできた軍人たちは、ちゃんとドイツ語も聞き取れるようだが、猪狩も平出も三割程度しかわからない。「遠路遥々ご苦労さん。皆さんを歓迎します」どうやらそういう内容のことを話しているのが聞き取れる程度だ。

挨拶が終わると、スピーカーが何かを叫ぶ。陸軍の一団が一斉に向いた方を見ると、一〇機編隊の戦闘機が彼らの頭上を通りすぎた。液冷エンジン式の精悍な戦闘機だ。

それらが通過すると、今度は反対方向からもやはり一〇機の戦闘機が飛んでくる。それらは先ほどとは異なり、空冷エンジンの戦闘機であった。日本人としては、まだこちらの方が見慣れたフォルムであった。

スピーカーの説明はよくわからなかったが、前者がＢｆ１０９で、後者がＦｗ１９０というらしい。二組の戦闘機隊はそのまま雛壇から見て左右に分かれる。どうやら模擬戦を行うのだろう。

「あぁ、あの爆撃機を襲撃するのか？」

平出が指差す方から、四発の大型機が接近してきた。

「おい、あれは……シャルンホルストの！」

アナウンスをしているドイツ軍の人間たちが何やら慌てている。「予定にない」という単語だけは聞き取れた。

地上の基地司令官が何かを指示していた。それを反映してか、戦闘機隊がその謎の爆撃機に接近する。

左右の戦闘機隊が直接攻撃を仕掛ければ、同士討ちや衝突の危険があるため、それらは反転し、二手にわかれて爆撃機の後方に就いた。

そして戦闘機隊のＢｆ１０９が一機、速度を上げると、爆撃機に並進しようとする。おそらく着陸するよう威嚇するためだろう。

だが、爆撃機の返答は、機体下部の連装機銃による銃撃だった。曳光弾による光跡も見えないまま、Ｂｆ１０９は空中で爆発分解した。

「またか！」

猪狩はその後の光景に思わず叫んでいた。それは白山丸で目撃した光景の再現だった。

一機の爆撃機に二〇機の戦闘機が殺到するのは過剰と判断するだけの冷静さが、戦闘機隊の指揮官にはあったのだろう。

左後方からBf109が二機、右後方からFw190が二機の、計四機が爆撃機を攻撃すべく、速度を上げげた。

それに対して爆撃機は、機体上部の連装機銃を左後方に、下部の連装機銃を右後方に向けた。

そして数秒の間に、左右両側で次々と戦闘機が爆発し、空中で四散した。飛行場近くの建物の屋根に金属片が落下し、それを潰しているのが猪狩にも見えた。

これが実戦であったなら、基地司令官は撤退を命じただろう。二〇機の戦闘機のうち、秒単位の時間で五機も失われてしまったのだ。戦力の二五パーセントを失うとは壊滅的被害だ。

しかし、基地司令官は撤退を命じなかった。というより命じられなかったのかもしれないと猪狩は思う。日本人の使節団がここにいる。しかも三国同盟を結ぶかどうかという状況だ。

ここは是が非でも、この爆撃機を撃墜し、ドイツ空軍の体面を守らねばならないからだ。

だが結果的に、この判断は状況をなおさら悪化させてしまった。残り一五機の戦闘機隊は、今度は左右両側から一列になって爆撃機を波状攻撃する姿勢を示した。

さすがに爆撃機もこの状況に速度を上げた。しかし、それは逃げるためではなかった。接近する戦闘機は、まるで爆撃機の後方に透明の壁があり、それに衝突するかのように、一機、また一機と連装機銃で撃墜されてゆく。

戦闘機隊の半数が一分とたたないうちに撃墜されてしまった。さすがに残りは退避しようとする。だが戦闘のイニシアチブは爆撃機に掌握されていた。

爆撃機はここで速度を急激に下げた。どんな操縦技術かわからないが、それは失速するでもなく、安定した姿勢のまま、速度だけを急激に低下させる。

しかし、戦闘機隊にはそんな真似はできない。彼らは退避しようとして、却《かえ》って急減速した爆撃機との距離を詰める結果となっていた。

そして爆撃機は、減速したまま一群の戦闘機隊の中に飛び込みながら、接近する順番に各個に撃破していった。もはや残存する戦闘機に交戦する気力は失われていた。

こうして三分と経過しないうちに、二〇機の新鋭戦闘機が撃墜されて行った。あまりのことに、パラシュートで脱出する搭乗員さえ一人もいない。

すぐに基地の各部署にサイドカーやトラックが走り、基地を守る高射砲が動き出す。しかし、それは遅すぎた。爆撃機はあまりにも接近し、さらに高度を下げている。

「着陸するつもりか！」

猪狩にはその爆撃機の行動が理解できない。二〇機もの戦闘機を鎧袖一触で撃墜しておいて、なぜ着陸しようとするのか？

「伏せろ！　猪狩！」

平出が猪狩を地面に伏せさせる。地面に力ずくで組み伏せられて、猪狩は平出が何を恐れているかがわかった。あれは着陸しようとしているのではなく、超低空から基地を攻撃するのではないか！

だが、その予想は外れた。飛行機のタイヤが滑走路に触れる音と共に、四発エンジンが停止するのがわかった。

平出は起き上がり、猪狩に手を貸す。確かに四発機は滑走路に着陸していた。

その大型機は猪狩たちがいる雛壇よりも一キロは離れていた。つまり制動距離は機体の大きさに比較してかなり短いらしい。

武装したドイツ兵を乗せたトラックやサイドカーが、爆撃機の周囲に殺到する。

爆撃機の機体上部にある連装機銃塔が旋回すると、車両群は停止し、兵士たちはすぐに車両の陰に隠れた。しかし、連装機銃は発砲することなく、ほぼ垂直に上げられた。抵抗する意思はないという意味か？

トラックに隠れていた兵士たちは、下士官の声と共に横一列で爆撃機を包囲するように接近する。

すると操縦席近くの機首側のドアが下向きに開き、そのまま地面までのタラップになった。

そして黒い上下のつなぎを着た人間が二人現れた。特にあげるような特徴のない、平凡なドイツ人という印象だ。そのためか二人は兄弟のように似ていた。身長も体型も普通だ。

ただ先に降りた乗員よりも後から降りた方が、階級は上のように見えた。その二人目が地面に降り立つと、「諸君！」と綺麗なドイツ語で呼び掛けた。

しかし、彼はそれ以上の言葉を発することはできなかった。兵士の一人が発砲し、それに釣られて十人ほどの兵士がＭＰ３８短機関銃を二人の乗員に向けて発砲した。

下士官が怒鳴り、発砲した兵士を殴りつけるが、二人は明らかに絶命している。

下士官は発砲した兵士たちをトラックに乗せ、どこかに運ばせると、拡声器で機体に呼びかける。

「お前たちは包囲されている。武器を捨てて投降しろ！」

猪狩もこの程度のドイツ語は理解できた。しかし、機体からは誰も降りてこない。何度か投降の呼びかけをしたのちに、下士官は数名の兵士に機体に突入するよう命じた。

ＭＰ３８を構えた兵士たちは緊張の面持ちで機内に消えたが、三〇秒ほどで出てきた。

「誰もいません！　この二名が、搭乗員のすべてです！」

さすがにその報告に下士官も驚く。彼も爆撃機の内部に入るが、すぐに出てきた。やはり報告通りなのだろう。この事実には、猪狩よりも平出の方が衝撃を受けていた。

「どういうことだ、猪狩？　あの爆撃機、二名で操縦してきたというのか？　海軍の陸攻だって最低でも七人は乗ってるぞ」

「自動で動く装置類があるんじゃないか」

猪狩にはそれくらいしか思いつかない。ジャイロを利用した自動操縦装置の、もっと高性能な奴があの飛行機には搭載されているわけだ。

「なぁ、海軍じゃどうなんだ。機体の防御火器って、百発百中を目指すのか？　いや、もちろん命中を目指しているのだろうけどな、機銃弾ってそんなに当たるか？」

「わからん。ただ至近距離なら、銃弾の特性が完璧にわかっていて、彼我《ひが》の機体の速度や方位を正確に把握できたなら、あとは単純なベクトルの合成計算だ。百発百中は理屈の上では不可能じゃない。だがな、そんなの机上の空論だろう。

まさか、あの飛行機にラプラスの悪魔が乗っているというのか？

そんなことはありえん」

「しかしな、平出。目の前で起きていることを説明するのに、それが一番合理的な解釈じゃないか」

とはいえ、そのラプラスの悪魔とは具体的にどんな姿をしているのか、猪狩にもわからない。しかし、それ以上に理解できないことが、彼にはあった。

「ドイツ軍機を目の前で二〇機も撃墜しておいて、あの二人はどうしてここに着陸した？　殺されるとは思わなかったのか？」

それに対して感慨深げな平出が言う。

「自分には、なんとなくわかる気がする」

「わかるって、何が？」

「あの二人は爆撃機の圧倒的な力を見せつけた。誰が強者かをわからせたから、弱者は攻撃してこない。だから疑問も抱かずに爆撃機から降り立った。

わかりにくいが、奴らの考えは、抑止力のそれだ。それ自体は合理的だ。ただ、今この状況でそれが通用するかどうか、その判断を奴らは誤った」

「何者だと思う？」

猪狩の問いに、平出も首を振る。

「わからん。妙な文化の中で生活している連中なのは確かだろうがな。そもそも奴らは何をしに、この飛行場に着陸したんだ？」

それは猪狩も感じていた。

「射殺されなかったら、あの搭乗員は、『諸君！』の後になんと言ったのだろうな……」

５章　オリオン屋敷

海軍省臨時調査課により設けられた複数のブレーントラストの中で、オリオン太郎問題を研究する「電波兵器研究会」の第一回会合が開かれたのは、昭和一五年七月一七日のことだった。

秋津教授は、海軍省・海軍軍令部のある霞ヶ関にも近い、都内のホテルに宿を取っていた。すべては海軍の負担で、厚遇とも言えるが、監視と監禁とも解釈できなくはない。そもそも海軍の仕事でここにいるのだから、それは予想されるべきことであった。

ただ武園の仕事は的確だった。自分が知らない間に大学との折衝と事務処理を終わらせ、現在の仕事に関する身分保証まで済ませていた。大学からの給与もそのまま支払われ、さらに海軍からも給与が出る。これが飴なら、ホテルへの監禁はムチだろう。

秋津はオリオン太郎との折衝役ということだったが、横須賀の病院での後、二度くらいしか面会できていなかった。

一つは機密保持の関係で、オリオン太郎のために横須賀近くの山荘を海軍が借り上げたためだ。

オリオン屋敷と関係者の間で呼ばれるその家は、海側が崖になった洋館で、太平洋を望む眺望は、まさに絶景と言えた。背後は急斜面の山地であり、県道から館までは、車が辛うじて通過できる程度の曲がりくねった一本道があるだけだ。

結果として、秋津はオリオン太郎と面会するのは難しくなった。秋津までこの山荘にいては研究が進まない。なのでオリオン屋敷に移ってからの彼とは会えないでいた。

しかし、第一回会合がここまで遅れた最大の理由は、政治情勢の変化だった。もともと陸軍は、現在の米内光政海軍大将に組閣の命令が下るとは思っていなかった。

阿部内閣が外交的な失敗を理由に辞職したとき、陸軍は畑俊六《はたしゅんろく》大将に後継首班としての大命が降ることを期待していた。しかし、それは米内海軍大将へと降された。天皇が陸軍強硬派の動きを憂慮した人事であった。

ヨーロッパの戦争もドイツ・フランスの間で小康状態が続いているときは良かったが、ドイツがフランスに勝利するに至り、再び三国同盟締結という動きが起きてきた。

これに伴い陸軍は七月四日に、本人の意志に関係なく畑陸相に辞職を勧告した。畑陸相が辞職して、陸軍が後任を出さなければ、米内内閣は総辞職に追い込まれるからだ。

ところが米内内閣はこうした事態を予測し、陸軍省官制及び海軍省官制に小修正を施し、軍部大臣現役武官制度に「必要に応じて予備役も可とする」の一文を加える改訂を行っていた。

これは陸軍側もわかっていたが、海軍の米内では何もできまいと高を括っていたらしい。また政党の力が弱いことも陸軍を楽観させた。

だがここで陸軍に激震が走る。先の首相であり、陸軍により辞職に追い込まれた阿部信行陸軍予備役大将が、陸相を受けたのである。自身が陸軍強硬派に引き摺り下ろされた阿部大将にしてみれば、陸相を受けたことで、自分を追い落とした連中に対して、一矢報いた形だ。法的にはそれは可能であり、現役でない限りは陸軍側の了解はいらない。

こうして七月一六日に畑陸相は辞職したが、後任に阿部元首相が陸相として入閣することで米内内閣は総辞職を免れた。この畑陸相の辞職とは別に、かねてより体調不良を訴えていた吉田善吾《よしだぜんご》海相も辞任となった。

吉田の後任には、米内の中学時代の後輩である及川古志郎《おいかわこしろう》海軍大将が就いた。これにより陸相、海相人事で、米内内閣が陸海軍の掣肘《せいちゅう》を受ける懸念はほぼなくなったと言われた。

この昭和一五年七月政変により、米内・高木ルートで創設されたブレーントラストもオリオン太郎どころではなかったのだ。

そうして開かれた電波兵器研究会は、横浜郊外にある、さる財界人が提供してくれた別宅で行われた。あれこれと場所が分散しているのは警備のためらしい。畑陸相の辞任による倒閣工作が失敗したことで、陸軍の強硬派の動きが過激化する恐れがあるという。二・二六事件の記憶もまだ生々しい時期である。テロの可能性は現実的な問題だった。

特に阿部陸相については、ある部分で米内首相以上に陸軍の恨みを買ったこともあり、その公邸は警察により厳重に守られていた。

だからブレーントラストの集まりが少人数で分散することになるのは避けられない。

正直、高木惣吉調査課課長がオリオン太郎の問題に関心を失いつつあるというのは、秋津も感じていた。オリオン太郎の尋問よりも、目の前にある高性能四発爆撃機を研究する方が重要という判断だ。

それが政変直後にもかかわらず、急遽この会合がもたれたのには理由がある。

迎えの車に同乗していた武園は、盗聴でも気にしているのか、簡潔にこの会議が召集された事情を説明した。

「追浜と同じものがドイツとイギリスに現れたそうだ」

車は会場となる財界人の別邸に到着すると、すぐに元来た道を戻ってゆく。そして執事のような男性が秋津と武園を丁重に出迎え、奥の応接室へと案内した。

秋津はこの別邸の持ち主が誰であるのかまでは説明を受けていなかったが、室内のヨーロッパ風の落ち着いた造りから、育ちの良い教養人を想像した。家の構造や庭の配置に一貫した美意識が感じられたためだ。

案内された応接室は、図書室も兼ねていた。半数は洋書であり、背表紙のタイトルから判断すると美術関係が多いようだ。単なる飾りではなく、何度も読まれているのは、本の傷み具合でわかった。

「先生、お待ちしておりました」

そう言って秋津を出迎えたのは、メガネをした温厚そうでいて、瞬間的に剃刀のような怜悧さを感じさせる男だった。

「高木課長、初めまして秋津俊雄と申します」

秋津は高木惣吉に深々と頭を下げた。そこまでする必要もないのだろうが、彼にはそうさせるカリスマがある。高木はすぐに、頭をお上げくださいと言う。案外、彼は自身のカリスマ性に気づいていないのか。秋津はそれが意外だった。

謙虚さは一般に美徳とされるが、それも人によりけりだ。人一倍聡明な人間が、自分を凡人と思っていたら、そしてそんな人間が組織の長ならどうなるか？　彼の視点では、ほとんどの人間が凡人以下に見えてしまうのだ。部下にとってはたまったものではない。

応接室の大テーブルには椅子が五脚あり、ホスト役の高木、そして秋津と武園の他に、すでに二名が席に就いていた。高木はもちろん武園も背広姿であるので、席に就いている二人が軍人かどうかはわかりかねた。

ただブレーントラストで秋津以外はすべて軍人というのも考え難い。それに一人はどこかで見覚えがあった。

秋津と武園が席に就くと、住み込みの家政婦らしい人がコーヒーを用意し、それが終わると一礼して応接室をでた。ドアが閉まるのを確認し、高木が研究会の開始を宣言した。

「申し訳ありませんが、板垣先生、議事録の方をお願いいたします。時節柄、最小限の人数で行いますので」

高木がそう言うと、秋津とほぼ同世代の男が会釈して、了解した旨を告げる。簡単な自己紹介によれば、東京商大の助教授で、植民地学などの研究家であるという。

「それでは熊谷君、頼む」

四〇代くらいの神経質そうな男が立ち上がる。高木とは知り合いのようだったが、板垣や武園ともあまり面識がないようだ。もちろん秋津とは初対面だ。

彼は外務省の人間とのことだったが、差し障りがあるらしく、それ以上の説明はなかった。

「まず、ドイツからは猪狩より、イギリスからは桑原の報告が入っています」

「桑原、生きてたのか！」

そう声をあげたのは武園だった。

「生きています。欧州情勢があの状況のため、連絡を取るのに苦労したようです」

桑原というのがどんな人物かわからないが、熊谷が彼にあまり良い印象を抱いていないのはなんとなく秋津にもわかった。

「でも、桑原はフランス担当じゃなかったのか？」

「フランス軍が勝つと彼は予想し、行動を共にしていましたが、ダンケルクに追い詰められ、何をやったか知りませんが船を手配し、フランス軍の脱出に協力したようです。その流れで現在はイギリスにいます」

熊谷は桑原の話題を最小限の時間で終わらせた。

「それでまずドイツですが、我々の四発陸攻と同様の大型機が現れました。

その経緯は、やや複雑です。すでに武園中佐はご存じでしょうが、つい最近のブレスト沖海戦では、イギリス空母とドイツ戦艦が刺し違えるという結果になりました。これにより一部では航空機で戦艦は沈められると喧伝されています」

「違うのかね？」

高木が尋ねる。ブレスト沖海戦については報告されているが、熊谷がここで報告しようとしている内容は、いま初めて耳にするものらしい。やはり政変は、ブレーントラストの活動にも影響しているのだろう。

「航空機は軍艦を撃沈できる。この命題の証明に関しては間違いありません。猪狩によると、新型の対艦爆弾により一発で轟沈したそうです。その威力もさることながら、命中精度が驚異的だったと。

付記いたしますと、猪狩が乗っていた貨客船白山丸は欧州情勢の緊迫化で、当初の予定にはない航路をとっていました。このことが原因でイギリス空母とドイツ戦艦が遭遇することになったと言います。したがって四発機の軍艦攻撃は事前の計画によるものではありません。艦隊の遭遇は偶然によるものですから」

そして熊谷は茶封筒を取り出すと、中にあった数枚の書類を高木から順番に出席者に回す。中には猪狩の報告の概要だけでなく、幾つものスケッチが入っていた。

「猪狩により写真電送で送られてきた、飛行機との遭遇時のスケッチです。写真電送の画質なので見難い部分もありますが、概要はおわかりいただけると思います。なお猪狩によれば大きさはデフォルメしているが、飛行機と艦船の位置関係は正確を心がけたと。付記された数字が猪狩の計測した距離です。多分に主観は含むとのことですが」

秋津はスケッチの位置関係から、一つの疑念を持った。

「この位置関係では爆弾は戦艦シャルンホルストまで届かないはずだが。あぁ、空母のスケッチでも同じだな」

熊谷はその質問に顔を上げる。

「さすがは教授です。猪狩も、この爆弾には何らかの推進装置がついている可能性を指摘しています」

そして熊谷は別の茶封筒の書類を同じように回す。それも猪狩のスケッチらしい。

「これは軍艦を沈めた四発機と同型と思われる飛行機が、ベルリン郊外の飛行場に着陸した情景だそうです。形状はＦｗ２００という機種に似ているとか。

これが追浜に着陸した四発機と同類であるのは間違いないと思われますが、一方で、形状は微妙に違う。陸攻は中翼機ですが、ドイツのは低翼機です。

猪狩は追浜の件は知らない。にもかかわらずエンジンは一三気筒二列星形二六気筒だと報告している。陸攻のそれと同じです。防御火器も三〇ミリ連装が上下に一基ずつ装備されている。

何と言いますか、飛行機の核は同じで、着陸する国によって形状を変えていると考えられます。じっさいエンジンは同じであるにもかかわらず、日本では誉四一型、ドイツではBMW801M／Nと表記されていたそうです。左右両翼で回転方向が異なりますが、それは誉四一型甲・乙と同様です。

そして皆さんの予想通り、BMWには801M／Nなどというエンジンはありません。将来登場するとしても、いまはない」

熊谷がそこまで話しても、室内には声ひとつない。これはどう解釈すべきなのか。

「それで、イギリスはどうなのだ？」

高木の質問に、熊谷は説明を続けるが、特に書類はないらしい。

「空軍の演習中、ショート・スターリング爆撃機に似た四発機が演習空域に接近してきました。

これがドーバー海峡を越えての侵入であったことで、戦闘機隊と交戦となりました。戦闘機隊は六機で、これは全滅させられましたが、この中の一機が墜落途中に体当たりし、爆撃機は炎上。ドーバー海峡を戻ろうとしたところで、地上の対空火器の攻撃で操縦不能となり、海中に墜落したそうです。

物証があまりにも乏しく、桑原の報告も伝聞であり、猪狩のような直接の目撃ではありません。ただ戦闘機隊を全滅させ、防御火器は機体上下の連装機銃だけだった点が共通です」

秋津にとっては、それらの報告は初めて耳にするものであったが、正直なところ謎の爆撃機が日本以外にも現れたという事実には意外性はあまりなかった。

追浜の陸攻にしても、操縦者こそ二名だが、その製造には何百、何千という人間が必要なのは間違いあるまい。つまり爆撃機の背後には製造開発に関わる数千の人間がいるならば、あの爆撃機が複数の国に現れても不思議はないのだ。

「秋津教授はどう考えます？」

高木が丁重に尋ねる。彼と言葉を交わしたことは数回程度であるが、秋津への印象は良かったようだ。

「若干の形状の違いはあれど、高性能の四発機で、オリオン太郎の仲間は我が国とドイツ、イギリスに現れた。

三機の四発機の中で、一機が失われ、二機が残った。そして六人いたと思われる乗員たちで、現在も生きているのはオリオン太郎だけです。

オリオン太郎の主張を信じるにせよ信じないにせよ、一つ明らかなのは彼には仲間がおり、あのような爆撃機を開発できるだけの力を持った集団であること。ただし、それが国という単位なのかは現時点では断言できないと思います」

その指摘に、高木をはじめとして参加者は皆、表情を変えた。

「そう、それだ。あのような高性能軍用機を開発できる国はどこなのか、あるいは何らかの結社なのか、教授はおわかりか？」

秋津はそうした質問は予測していた。というよりブレーントラストで他の質問をされたことがないと言ってもいいくらいだ。武園は言葉を濁すが、ブレーントラストはあの爆撃機を製造したのは、国ではなく、何らかの結社であると考えているらしい。

開発できる国は限られている。アメリカ、イギリス、ドイツ、フランス、ソビエト連邦、そして日本くらいか。だが大使館の調査では、少なくとも国家事業としてそうした爆撃機は開発されていない。

ただ現在の日本に陸海軍の深刻な対立があるように、列強の内部には軍部など政府の指導に必ずしも素直に従わない政治勢力は大なり小なりあるという。

一連の動きが、どこかの国の軍部が政府を無視して密かに行なったものであるとすれば、国際情勢はますます混迷を深めるだろう。

このことは四発陸攻国産化の動きをより活発化させているという。海軍にとっては、あの軍用機の技術にこそ最大の関心があるのは当然だろう。

なぜならその後の調査で、あの四発機は最大で一〇トンちかい重量物を搭載できて、航続力は五〇〇〇キロあるというのだ。これは海軍戦略に直接関わる。

日本の委任統治領から、米太平洋艦隊のあるハワイを直接攻撃できるからだ。米太平洋艦隊に空から波状攻撃をかけられるなら、太平洋の勢力は一気に日本有利に進む。

だが逆にアメリカの軍部がそうした爆撃機を持っていたならば、日本の国防の危機となろう。日米政府が国交正常化を実現したとしても、軍部がそれに不満なら、和平の破棄はもちろん、日米戦にさえ発展しかねない。

こうした点からオリオン太郎が何者か、その正体は最大の関心事であったが、結論は出ていない。

オリオン太郎は「オリオン座の方から来た」という主張を繰り返すばかりで、具体的な話は何もしない。秋津は後から知らされたのだが、海軍はかなり手荒な真似をしたらしい。

暴力で口を割らせようという試みは、早々に頓挫したという。オリオン太郎は痛みを感じない可能性があるということと、一番大きいのは死んだらどうするという問題だ。

また薬物投与で自白させるという試みも、人間には効果がある薬物にもかかわらず、オリオン太郎には全く効果がなかった。

ただこの経験からか、オリオン太郎は秋津相手の時でもあまり会話をしなくなった。それでも秋津はある点に関しては確信を強めていた。

「客観的にここまでの情報を整理して考えますと、オリオン太郎は地球の人間ではありません。彼の主張は正しい。彼は地球外人なのです」

秋津の意見に、高木惣吉の表情には、明らかに落胆の色が見えた。オリオン太郎が地球外人であることそのものにではない。そんな話を帝大教授ともあろうものが信じているという失望だ。

「教授、オリオン太郎が地球の人間ではないとしたら、どこの人間です？　火星ですか、それとも金星ですか？」

熊谷が挑みかかるような口調で、質問する。外務省の人間として、秋津の説は受け入れがたいのだろう。

「オリオン太郎は人間に似ている存在です。それから判断して、火星や金星から地球にやってきたわけではないでしょう。金星は太陽に近すぎ人間は生きられない、逆に火星は太陽から遠すぎて人間は生存できません。

つまり、オリオン太郎は人間に似ているが、人間ではなく、別の進化史で高等生物になった。それが地球でなければ、別の惑星です」

「確かに、進化は弱肉強食で優秀なものが生き残るのだから、人間と同等の高等生物が共存するわけはないな」

高木惣吉はそれで納得し、周囲もわかったという表情を見せた。しかし、秋津にしてみれば大問題だ。

弱肉強食で優秀なものだけが生き残るというのは、進化論を曲解した意見であって、科学的には大間違いだ。環境への適応と弱肉強食はまったく別の概念だ。

そもそも生物が優秀なものに進化するという考えからして間違いで、進化にそうした方向性などない。何より「優秀」なんてのは物差し次第で恣意的に変えられる。

サバンナにサメを放り出せば、ライオンの餌にしかなるまいが、海にライオンを投げ込めばサメの餌になるのはライオンだ。条件次第で優秀さなど何とでも言えるのだ。

ただ秋津も、ここで高木惣吉の進化論に対する誤解を正そうとは思わなかった。立場的に高木の不興を買いたくないのもある。それ以上に、オリオン太郎から離れたくなかったのだ。

ブレーントラストの中で、自分以上にあの存在について正しく理解できる人間はいないと確信しているためだ。自惚《うぬぼ》れるわけではないが、自分が正しくオリオン太郎とブレーントラストの間を仲介しなければ、日本にどんな禍《わざわい》が見舞うかわからない。

「それで教授、再度お尋ねするが、オリオン太郎の故郷はどこだと思う？」

高木は熊谷と同じ質問を繰り返す。

「どこか別の惑星とのことだが、具体的にどこなのだね？」

高木の質問に被せるように、書記役の板垣が便乗する。

「すいません。私はこの方面では素人なのですが、惑星とは何でしょう？」

この状況でブレーントラストの人間から、そのレベルの質問が出てくることには秋津もさすがに驚いた。ただ植民地経営の専門家ならそうなのかも知れない。

日本の天文学の立ち位置を考えれば、こんな反応も不思議ではないのだろう。秋津自身、「京都帝大まで出て、天体なんぞという一文にもならない研究、何の役に立つんだ？」と言われたことは一度や二度ではない。

今の秋津は「海軍の電波兵器研究」という大義名分で基礎研究を続けられているが、そうでなければ日華事変が泥沼化する昨今、国賊扱いされても不思議はない。

はっきり言えば、同じ地球の人間であるブレーントラストの誰よりも、宇宙のことで話が通じるのは地球外人のオリオン太郎なのだ。それはオリオン太郎もそうだろう。彼と会話ができるのは、秋津俊雄しかいない。

それが日本社会の現実であるから、実学である経済学者が惑星を知らないのは、ある意味で当然かも知れない。

「太陽の周りを公転する地球のような天体の総称です」

「月みたいなものですか？」

板垣は若くして東京商科大学の助教授になるくらいなので、頭はいいのだろう。今の秋津の説明で月に言及するなど、筋は悪くない。ただ、今この場でその質問は、正確に答えようとすると却《かえ》って厄介だ。なので、「まぁ、そんなもんです」と答える。

「夜空の星は太陽と同じ仲間です。なのでどの星にも惑星があると考えられています。空には無数の星がありますから、惑星も無数に存在する。そうした中には、進化の結果としてオリオン太郎のような高等生物が誕生するところもあるでしょう」

高木は意外に短気なところがあるのか、その返答にやや苛立つ。

「それで、どこの惑星なのだね？」

「正確にどの惑星と現時点では指定はできません。ただオリオン座の方向にあり、地球に比較的近い星だと考えられます。

候補としてはオリオン座カイ1星が考えられます。オリオン座を構成する星の中で、太陽系に近く、星そのものも太陽に似ています」

高木は秋津の説明に満足したらしい。ただ秋津自身は、嫌な予感がしていた。今まで何度か話をした感触では、高木惣吉大佐は優れた知性の持ち主で、頭の回転も速い。

だが、天体などに関する知識は天測など実学のためのものであり、純粋に宇宙を知るという天文学のそれではない。

秋津はここまで言葉を選び、正確さより分かり易さを優先してきた。だが、それを高木がどう解釈したのかまでは、秋津には予測がつかない。

軍人にとっては相手の拠点の正確な位置は重要なのだろう。それは地球上では正解だ。だが現実問題として、高木が宇宙というものをどう理解しているか、それにより彼のブレーンとトラストでの采配も違ってくる。

「オリオン太郎たちは、どれくらいの日数でそのカイ1星から日本にやってこられるのかね？」

高木は続いてそう尋ねた。海軍軍人としては当然の質問だろう。移動時間は用兵や兵站《へいたん》を考える上での基礎データだ。

ただ高木の質問に、秋津は天文学者としては違和感を覚えた。宇宙の星と星の距離を考えたなら、日本に到達するか、他所の国に到達するかの距離の差など誤差の範囲でしかない。地球に到達するのに何日か？　それが正しい設問だ。

それに、オリオン座カイ1星が太陽系からどれほど離れているかという問題は、世間が考えているほど簡単ではない。

はっきり言えば太陽系内の惑星までの距離以外は、それなりの観測誤差を覚悟する必要がある。光の速度で一年移動して到達できる距離が一光年であるが、これは約九・五兆キロメートルに相当する。

地球を一周しても四万キロ。一光年とはその二・四億倍の距離である。一日で地球を一周できるような高速飛行機があったとしても、それが休みなく飛行しても六五万年はかかるだろう。

そして太陽系から一光年以内に太陽以外の恒星はない。一番近い恒星までも四光年以上もあるのだ。カイ1星の距離は二〇光年以上、三〇光年未満と考えられていた。概《おおむ》ね二五光年くらいと考えられている。先ほどの飛行機なら一五〇〇万年はかかるだろう。

ただし、宇宙空間はエンジンを動かすための酸素もない代わりに、物体の移動で抗力となる空気抵抗もない。彼らが宇宙空間でも作動するエネルギー源を持っているなら、一〇〇年程度で移動することは不可能ではない。

それとて人間の尺度では大変な長さだが、一五〇〇万年よりは遥かに短い。問題はそれをどう高木に説明するかだ。

「たとえばマゼランは世界一周するのに三年かかりました。大航海時代のスペインやポルトガルも、軍隊の派遣に年単位の時間が必要なことも稀ではなかった。

「オリオン太郎たちも同様でしょう。カイ1星から地球までは、移動に用いたロケット次第ですが、年単位、それこそ一〇年、一〇〇年かかるかもしれません」

この辺が科学者として、軍人たちに妥協した説明の限度だ。つまり現時点で宇宙を一〇〇年移動するのも一〇〇〇年移動するのも、数字の妥当性としては大差ない。

アメリカのパルプマガジンでは大宇宙を旅行するロケットがポピュラーだが、オリオン太郎たちも同様の原理のロケットで地球に到達しているとしたら、やはり一〇〇年単位の時間がかかるのは避けられない。ただしそれはロケットの性能で著しく変わってくるのだ。

「教授、そのロケットとは、空技廠《しょう》あたりで研究している、プロペラを使わない航空機のあれですか？」

「反動推進という基本原理は同じものです」

「なるほどな……」

意外なことに高木は、オリオン太郎が一〇〇年以上も宇宙を移動したという話に驚くことはなかった。むしろ板垣や熊谷の方が、明らかな不信の色を見せている。

「射殺されたオリオン太郎の仲間も、人間とよく似ていたと聞いている。そんな生き物が一〇〇年だの一〇〇〇年だのと生きて行けるのか？」

熊谷が率直な疑問をぶつけてきたが、秋津が口を開くより先に高木が反論した。

「オリオン太郎の種族が優れた医学で長寿を実現したとしても不思議はあるまい。日本を見たまえ、昭和の今日《こんにち》では、江戸時代より長生きだろう」

それは秋津が考えたことと同じだった。やはり高木は並の人物ではない。天文の知識はともかく、既知の分野に関しては論理的に思考し、未知の部分でも推論できるのだ。

そして高木は、秋津さえ考えつかなかった仮説を述べた。

「たとえば、オリオン太郎たちが一〇〇年生きられるとして、惑星から日本までロケットで二〇〇年かかるとする。だとするとだ、オリオン太郎の仲間が生きたまま惑星から日本に来るまで、少なく見積もっても基地というか植民地のようなものが二ヶ所なければならんな。日本に直接やってくるのは植民地の住人として、その植民地を惑星が支えるわけだ。むろんそうした植民基地は二つと言わず、二〇でも二〇〇でもいい。数が多いほど兵站は安全だ」

「確かに……ありえます」

秋津はカイ1星から地球までの距離のことばかり考えていたが、その途中の植民地についてはまったく見落としていた。

高等生物が生存可能な惑星が都合よく見つかるとは思えないが、人工的な植民地、つまりは宇宙基地のようなものならば、高木が言うように建設可能だろう。

むろん移動は二世代、三世代を費やすことになるだろうが、基地があれば可能となる。

宇宙基地についてもあり得ないことではない。例えばソ連のツィオルコフスキーは自著の中で、宇宙ステーションという宇宙空間での居住地について言及している。

オリオン太郎たちの社会が宇宙空間にそうした宇宙ステーションを幾つも展開しているなら、そしてそれが都市の規模を持っているなら、二〇光年離れていたとしても、カイ1星から地球を訪れることは不可能ではない。複数の宇宙ステーションの建設に数世紀を要するとしても、それが完成してしまえば、最前線の宇宙基地から現実的な時間で地球へ向かうことが可能だ。

まるで人類が太古に太平洋へ広がったような話だ。大陸から小船に乗った太古の人類は、孤島に入植し、そこに村を築く。その子孫が同じように海洋を渡り、新しい島に拠点を築く。そんなことを何世代か繰り返す中で、太古の人類はついに地球全体に広がった。

だとすれば、オリオン太郎自身は、オリオン座カイ1星のことなど知らないだろう。彼は宇宙基地もしくは宇宙植民地で生まれ育った世代だからだ。

もちろんオリオン太郎がオリオン座のカイ1星からやってきたという保証はなく、現時点では可能性に過ぎない。

しかし、高木の言うように複数の宇宙ステーションを建設しているのであれば、宇宙旅行の技術的ハードルはかなり下げられるはずだ。

「私なりに航空戦力について調べてみた。井上さんの意見も聞いたりしてな」

高木の言う井上さんが井上成美少将であるくらいは、海軍内部に疎《うと》い秋津にもわかる。米内首相や山本五十六連合艦隊司令長官と並び、井上は三国同盟反対三羽烏と言われた人物だ。

米内・高木のラインで井上と言えば、この井上成美を置いて他にない。武園からの話では、井上成美は航空畑の人ではないが、かつて「海軍の空軍化」を唱えた人物という。

さすがに武園も海軍の内部文書までは見せてくれなかったが、井上の言う海軍の空軍化とは、国防の観点で、戦艦建造などにより国力を浪費せず、日本本土を不沈空母として航空機の波状攻撃で敵艦隊を撃破すべきというものらしい。

これは航空機で戦艦に勝つという単純な話ではないという。日本経済は総力戦には耐えられないから、敵艦隊を日本近海まで引き寄せ、航空機で圧倒的な勝利を得ることで、戦争を短期間で終わらせるのが真の目的という。

だから井上は、軍備の中核を航空戦力に置くという航空主兵論者だとしても、航空撃滅戦の持久戦は支持してはいないという。航空主兵の戦争が長期化するというのは、それが一大消耗戦であり、総力戦を避けるという大前提が崩れてしまうからだ。

「井上さんが言うには、航空戦力とは、本質的に消耗戦へと拡大する危険を内包する。なぜなら航空戦力はその国の生産力に依存するからだ。しかも、その国の工業技術の最先端を要求する。

短期決戦なら、平時から戦力を蓄積し、一時的な数の優位を実現できるが、長期戦は蓄積した戦力の枯渇を招き、戦場での数の劣勢を招く。それは敗北を意味する。故に、長期戦は避けねばならぬとな」

秋津は高木の話の着地点が見えなかったが、それは板垣や熊谷も同様らしい。ただ武園だけは、平然としている。彼とて話の着地点が見えているわけではなく、ただ高木惣吉という人のいつもの論の進め方ということらしい。

「それでオリオン太郎だが、彼らの祖国と日本の間に万里の隔たりがあるとして、その間を無数のロケット基地が埋めている場合に何が起こるか？

それは彼らの軍事力が、複数あるであろうロケット基地の、一番能力の低い基地の水準に左右されるということだ。

一〇の基地があり、その中の九つまでが一〇〇の物量を支えられるとき、途中にただ一つだけ一〇の物量しか支えられない基地があるなら、結局その銃後から前線までを支えることができるのは一〇の物量に過ぎん。

ここまでは一般論だ。オリオン太郎らが本当にこうした兵站上の問題を抱えているかはわからん。まぁ、それはおいおい教授に確認してもらうがな」

高木は秋津の方に視線を向ける。武園からブレーントラストに誘われた時も正直、負担に思ったが、高木が自分に向ける視線は、それよりも重い。もう脱出可能な折り返し点は、とうの昔に過ぎていると念押ししているようだった。

「井上さんが言うように、航空戦力は戦艦よりも国力を消費しない戦力である、つまりは経済的な戦力であるならば、オリオン太郎たちが各国に高性能爆撃機で来訪する意味も考えねばならん。

彼らはどうして爆撃機で現れたのか？　ペリーの黒船が如く、巨大戦艦で横須賀軍港や東京湾を睥睨《へいげい》するという選択肢もあったはずではないか。少なくとも彼らには軍艦という選択肢もあったはずなのだ」

「オリオン太郎たちには巨大戦艦を建造できるだけの、そう経済力がない？」

書記役の板垣が尋ねる。経済の専門家の彼には、高木の論理が興味深いものなのか、何か楽しそうにさえ見える。

「経済力という表現で正しいかは議論もあろうが、私はあえて国力だと言いたい。

ともかく兵站あるいは経済力の限界から、彼らには行使できる軍事力に限度がある。彼らは自分たちを大きく見せようとしているが、その経済基盤は脆弱《ぜいじゃく》だ。

井上理論が正しいなら、オリオン太郎らは地球のどこかで高性能機は製造できるが、戦艦までは建造できないのだ。

「武園君はどう思う？」

高木は、自分以外の唯一の現役武官である武園に意見を求める。秋津は武園のその時の表情に既視感があった。中学時代に教諭に突然当てられた時の表情だ。

「課長のここまでの話を前提とすると、爆撃機の搭乗員が確認されている範囲で二名という事実の解釈も、再検討が必要かもしれません。

いままで我々は、あの爆撃機は搭乗員二名で操縦できる高性能機と考えていた。確かに高性能機で間違いないが、搭乗員が二名というのは、性能の問題ではなく、オリオン太郎の仲間が非常に少ないことを意味しているのでしょう。四発機に我々のように一〇人近い搭乗員を乗せるだけの人的余裕が、彼らにはないのです」

武園の話に、高木は満足していた。秋津は感心するというより、何か巧みな詐欺に遭ったような気がした。

何しろ宇宙についての知識に乏しい海軍軍人が、海軍の常識だけで、オリオン太郎たちの宇宙ステーション網を構想してしまったからだ。もっとも驚くべきは、秋津の視点から見ても、宇宙ステーション網の存在は理に適《かな》っていることだ。

むろん高木のいう宇宙基地の細目が科学的な妥当性をどこまで具現しているかには、少なからず疑問は残る。どういう距離のスケールで話しているかもわからない。

しかし、オリオン太郎に関する重要な分析を行ったことには間違いない。

「追浜に着陸した爆撃機の性能は、専門家によれば五〇〇〇キロ以上の航続距離を持つらしい。

しかし、それが日本とヨーロッパに現れ、アメリカにもソ連にも現れていないという事実は、オリオン太郎たちの爆撃機が少なくとも二つの基地を持ち、それは日本やフランスの沖合から半径二五〇〇キロ以内の場所にあることになる。

そうであれば我々は、アメリカよりも早く、その拠点を発見し、確保する必要がある」

高木はそう述べたが、どうやらそれが今回の会議の結論になりそうだった。

「秋津教授、その辺のところはよろしく頼む」

「はい」

反射的にそう請け負ったものの、オリオン太郎が拠点のありかをそう簡単に明かすとは思えなかった。ただ連合艦隊の力を以《もっ》てすれば、日本から二五〇〇キロ以内にあるオリオン太郎たちの基地を発見することは、不可能ではあるまい。

「攻め口はそこか」

秋津はそう呟く。


秋津がオリオン屋敷を訪ねたのは、ブレーントラストの会議の翌日、七月一八日のことだった。東京に戻るのは手間だろうと、会議の後も別邸に泊まるよう高木に勧められていた。他の参加者は、武園をはじめとして時間を置いて各々が手配された自動車で帰っていった。

執事と家政婦と一緒に三人で、一晩別邸で過ごすのかと思ったが、他に四人ほど見かけない人物が宿泊した。一人は運転手らしく、他三人は警察なのか海軍なのかわからないが、警備のためにいるらしい。

秋津の警護なのか、別邸の持ち主の関係かはわからない。そして秋津は浅い眠りについたのちに、海軍の旗を立てたセダンに乗り、オリオン屋敷に向かった。

「日本、イギリス、ドイツ、ソ連、その四カ国に飛行機は送りましたよ」

久々に会ったオリオン太郎は、服装が浴衣である以外は、前と変わらなかった。浴衣姿なのは夏だからというより、脱走抑止のためらしい。

屋敷で生活する分には、衣食住に不自由はしないが、身一つで逃げ出せば浴衣の他にはチリ紙一枚持っていないのだ。その状態で山荘から山道を降りるのは至難の業だ。

オリオン太郎は、庭に出された籐で編んだ椅子で涼んでいた。同じような椅子が丸テーブルを挟んで彼の正面にある。秋津がそこに座ると、オリオン太郎はいきなりそんなことを言った。四ヶ国に飛行機を送ったと。

「日本以外にも送ったのか？」

オリオン太郎との会話は、紅茶を運んできた給仕によって中断された。オリオン屋敷には彼の身の回りの世話をする五人の屈強な若者が住み込みで働いていた。本当の意味で世話をするのは一人で、他の四人は監視と警戒であるようだ。

五人とオリオン太郎の間には、会話らしい会話はないという。

海軍による尋問も中断しているとは秋津も聞かされている。理由は海軍の都合としか聞かされていないが、口の重い武園の漏らした断片から判断すると、海軍側の担当者はオリオン太郎の精神を疑っているという。

確かに、自分は地球外からやってきたという話を真顔でする人間を前にしたら、常識人ほどそうした結論になるだろう。

「日本以外にも送りましたよ。当然じゃないですか」

秋津と二人だけになると、オリオン太郎は話を続け、紅茶のカップを傾ける。ふと秋津は、給仕がカップだけを置いたことに気がついた。

「砂糖はいらないのか？」

「僕の方で断りました。僕には意味がないですし、こちらの世界では貴重品なのでしょ。そもそも僕は、こちらの世界で美食をしようとも思いませんから」

実は秋津は武園に頼んで、オリオン太郎の食事について何を食べたのかを記録させていた。食事は文化の影響が強いから、その傾向でオリオン太郎を分析する手がかりが得られると思ったのだ。

しかし、実際は何かわかったというより、困惑する事例が増えただけだった。

米の飯を食べ、味噌汁を飲み、卵焼きや焼き魚を食べる。食事は至って質素だ。箸は使わずスプーンとフォークで食べるが、使い慣れているとは思えず、食べ方はあまりきれいではない。

漬物や納豆は食べないどころか手もつけない。ただ日本でも地方によっては納豆は駄目なところもあり、驚くべき反応ではない。

いまの砂糖の件も、オリオン太郎が地球外人であることの傍証にはなるだろうが、決定打にはならない。八割方、地球外人だろうと思っている秋津にしても、いまだ二割程度は地球のどこかの人間という疑いを捨て切れないでいた。

「ただ、秋津さんたちが、ソ連に向かった僕らの仲間の動向を知ることはまずないと思いますよ」

秋津はドイツやイギリスの同様の四発機の遭遇事件については、あえて何も言わなかった。優秀な詐欺師はこちら側の片言隻語《へんげんせきご》から情報を探り出すからだ。

「なぜソ連だと駄目なのだ？」

「ウクライナに送ったんですよ。イリューシンの双発機のデザインモチーフで四発機にしたものを。エンジンもASh‐73という将来登場しそうな名称にしてね。

ですが、乗員二名はスパイ容疑で射殺され、機体は破壊され、着陸したという事実そのものが消されたんです。ウクライナ共産党第一書記のニキータ・フルシチョフの直接指揮でね。

まぁ、国籍不明ながらソ連の軍用機そっくりの爆撃機が、一〇機あまりの新鋭戦闘機を撃墜した上で赤軍の飛行場に易々と着陸した。それが彼に冷静さを失わせたのでしょう。ですから、この件はヨシフ・スターリンさえ知りません。日本でこのことを知っているのは、僕と秋津さんだけです」

「それはいつのことだ？」

「つい最近です、七月一〇日」

秋津は、それは嘘だろうと思った。オリオン太郎はこの一ヶ月ばかり、オリオン屋敷で暮らしていたのだ。彼の存在は海軍でも一部の人間しか知らず、まして外部から連絡を取る奴はいない。

したがって七月一〇日のウクライナの出来事など知るわけがないのだ。

しかし、そうは思った秋津だが、その程度のことはオリオン太郎もわかっているはずだった。自分が地球の人間ではないという主張自体が必ずしも信じられていない中で、あからさまな嘘を言うのは馬鹿げている。

仮にウクライナの事件が事実とすれば、オリオン太郎が自分たちがまだ知らない能力を持っていることを認めなければならなくなる。とはいえ、この件を検証することは不可能だ。

「僕が追浜に着陸したのは四月末のことですけど、ドイツに向かった機体は、六月八日にイギリス空母とドイツ戦艦を撃沈し、イギリス軍機多数を撃墜、七月八日にはドイツ空軍航空隊を全滅させてから着陸しました。

翌日にはイギリスに向かった別の機体が、イギリス軍戦闘機隊を壊滅しました」

それは熊谷の報告と一致していたが、秋津はオリオン太郎が外部から情報を得ている証拠にはならないとも思う。つまりオリオン太郎が出撃した段階で、ドイツやイギリス、ソ連への接触が決まっていたならば、オリオン太郎がその日付を知っていても不思議はない。

だが秋津は、熊谷の報告を思い出す。四発機の着陸は事前に計画できたとして、空母と戦艦の遭遇は偶発的であり、事前に計画はできない。にもかかわらずオリオン太郎はそれを知っていた。

それよりも先に確認すべきことがある。

「四機の大型機を飛ばすからには、一〇〇人、いや一〇〇〇人以上の人員が必要なはずだ。地球で活動する君の仲間は、何人いるのだ？」

「そして、拠点はどこにあるのか？　ですね。そんなこと教えるわけがないじゃないですか、嫌だなぁ」

オリオン太郎はニコニコと答える。確かに、こんな重要情報をホイホイと教える奴もないだろう。

「でも、基地はあるのだな？」

「だって、基地もないのに飛行機は飛ばせないじゃないですか」

「その基地に君の仲間は生活しているのだろ？」

すると、オリオン太郎は止まった。まさに止まったとしか言えないような状態だ。瞬間的に身体が硬直したような感じか。こうした反応を、オリオン太郎は時々見せる。毎回それは一〇秒程度のことだった。わずかな時間ではあるが、人が一〇秒硬直し、何もなかったように戻るというのは、かなり異様な印象を受ける。

「秋津さんの言う、仲間とか生活という意味は何ですか？」

「仲間って……仲間じゃないか？　同胞というか、同じ民族というか、そういう友達というか」

「民族の定義は地球でも一筋縄ではいかないと思いますけど、仮に同じ民族の人がいたとして、それだけで仲間と言えますか？　僕はいま日本海軍の管理下ですけど、海軍にとって、同じ日本人の陸軍とは仲間ですか？」

オリオン太郎は虫も殺さないような顔で、なかなか厄介な話をし始める。何が厄介かと言えば、ブレーントラストの一員で、恩恵も受けている秋津自身が、この件に陸軍が一切関わっていないことに疑問を感じているからだ。

それこそ、これは陸海軍の垣根を越えて協力して当たるべき案件ではないか。それどころか地球外人の問題は、日本だけで抱えずに世界の列強が共闘すべきとさえ思っているのだ。

だから、この「仲間とは何？」という問いかけをオリオン太郎の交渉戦術と疑いながらも、秋津は動揺してしまうのだ。現に彼はその質問返しで、論点を巧みにずらしている。

「質問の仕方を変えよう。オリオン太郎が四発機を離陸させた基地には、地球人ではない高等生物が活動しているのか？」

秋津がそう問い直すと、オリオン太郎は「数は言えませんが、そうした高等生物が活動しています」と返答した。

ただ、これで秋津は、少しはオリオン太郎との交渉で見えてきたものがあった。

「宇宙空間にも、そうさな、月よりも遠い場所にも、基地は存在するのか？」

オリオン太郎は瞑目した。それは数秒だったが、やはり異様な印象があった。

「ありますよ」

オリオン太郎はそれだけを答えた。そうした質問をされるとは思っていなかったような印象を秋津は持った。

そして秋津は、一つの可能性に気づく。オリオン太郎は秋津との会話により、人類の能力を計測しようとしているのではないのか？

そう思っていると、今度はオリオン太郎が問いかける。

「秋津さんは、僕がどうして空母や戦艦を撃沈した遭遇戦のことまで知っているか気になりませんか？」

「気になるよ」

オリオン太郎がいかなる方法で外部と通信をしているかは、言うまでもなく重要な問題だ。ただここまでのやりとりから、それがオリオン太郎から秋津に対する餌というか罠の可能性も否定はできない。だから素っ気なく対応した。

オリオン太郎は、秋津の考えを知ってか知らずか、その情報を明らかにした。

「正確じゃありませんけど、秋津さん風に言えば、僕には仲間の考えがわかるんです。僕たちの仲間は昔からそうなんです。

だからソ連で起きたことも、イギリスやドイツで起きたことも、日本に居ながらにしてわかるんですよ」

「どうやって離れた仲間のことがわかるんだ？」

「秋津さんは僕の姿も見えるし、声も聞こえますよね。なぜなんです？　耳や目があるからという単純な話ではなくて、耳や目から受けた刺激を、どうやって言葉や形として理解できるのか？」

「感覚器からの刺激をどう認識するのか？　ということか」

オリオン太郎は喜ぶ。いや、喜んでいるように秋津には見えるが、少なくともＹＥＳの意味ではあるらしい。

「そういうことです。僕らは最初からそうなんです。なぜかと言われても言語化した説明のしようがありません」

秋津はこの件については保留にし、昨日の会議の時に思いついた質問に取り掛かる。

「アメリカやフランス、イタリアには飛行機は出さないのか？」

「最初は、そういう計画もありました。ですがドイツがフランスと戦端を開き、ドイツ優勢という状況ではフランスに送っても意味はない。イタリアにしても、ドイツと同盟関係のまま参戦したならば、やはりイタリア単独で送る意味はありません。

それに、皆さんは予想外の行動に出てしまう」

ここで言う「皆さん」が、日本海軍ではなく、日本を含む列強の意味であるのは、秋津にもわかる。

「何を予想していた？」

「僕らの常識で考えるなら、空母や戦艦を沈める、あるいは最新鋭戦闘機を鎧袖一触《がいしゅういっしょく》で撃墜するほどの力の差を見せつけたら、そんな強い相手には攻撃を仕掛けないはずじゃないですか。

だけど四人のエージェントのうち三人が殺され、生きているのは僕だけです」

「一機に二名で四機なら、死んだのは七人ではないのか？」

オリオン太郎は不思議そうな表情を見せたが、その意味は秋津にも正確にはわからない。

「エージェント一人、操縦士一人で、一機あたり二人です」

言語の問題なのか、彼らの組織文化の違いなのか。どうもオリオン太郎は、操縦士の死亡をさほど気にしていないように見える。考えてみれば、秋津とのやり取りの中で、操縦士に言及されたことは一度もなかった。

「どうも僕らの予測と現実の地球の人間の行動には食い違いが見られる。僕が追浜に来て、他の三機が展開するまで二月以上の間があいたのも、この問題の検証のためでした」

オリオン太郎はそこで紅茶を飲み干す。冷めるのを待っていたのだろう。味わうのではなく、水分補給としか見えなかった。

「検証って、何を検証したんだ？」

「だから地球の人間が圧倒的な力を前に、どう反応するのか、ですよ。力を前にしては従順になるという結論が出たので、三機を派遣した。

追浜では戦闘機一機の撃墜で終わったので、もっと強く力を誇示することになりました。だから戦艦や空母まで沈めたのに、結論は同じ。僕らの、秋津さん風にいえば仲間は殺されてしまった。力の誇示は何ら役に立たなかった。

だから、次の行動は止めてあります」

「次の行動とはなんだ？」

そう尋ねる秋津に、オリオン太郎は言う。

「僕らの仕事をするだけですよ。僕は死んでいないから」

6章　U103

昭和一五年七月一七日。

猪狩周一は、イタリアに戻った平出清とは別行動で、遣伊経済使節団の一員として、いまだドイツを視察していた。

彼がドイツに残っているのは、言うまでもなくそれがフランスを占領している国であることと、戦艦シャルンホルストや空母グローリアスを一撃で沈めた四発爆撃機が着陸したことにある。

猪狩は平出とともに、偶然にもその四発爆撃機の着陸を目撃した。それが尋常な存在でないのも彼らにはすぐわかった。しかも状況から推測するに、その爆撃機はドイツ製ではないらしい。

イギリス軍空母を撃沈したことから、イギリス製でもないはずで、ならばどこの国が開発したのか？

さらに短信ながら、日本にも同様の飛行機が着陸し、搭乗員は「火星からきた火星太郎」と名乗っているという。

ともかくすべてが謎であり、猪狩はこの事件についての情報を収集していたのである。そして、その情報を日本に安全に報告するために、自分が認《したた》めたスケッチなどをすべて平出に託した。彼は本来のイタリア大使館の駐在武官として、大使館より電送写真も用いて報告を行うはずだった。

猪狩は口にしなかったが、平出をイタリアに帰したのは、地中海から北アフリカ戦線に関する情報収集のためである。フランスが敗北したにもかかわらず、戦争は収束よりも拡大に向かいつつあったのだ。

猪狩が平出と別行動にしたのは、危険分散の意味もあった。どうもドイツ国内で自分たちは監視されているらしかった。尾行されているとしか思えないこともある。

ナチスドイツの体質が異民族の排外主義であればこそ、外国人への監視がなされるのは不思議ではない。何しろ現在、彼らは戦時下にあるのだ。

しかもヒトラーの『我が闘争』には「日本人は文化維持的な民族で、今日の発展もヨーロッパ人なしではあり得なかった」と、日本人に対するあからさまな蔑視がある。政治状況はどうあれ、自分たちが蔑視している国の人間が軍事工場などを見学することに、反感を覚える者もいよう。

だから平出はイタリアに戻した。万が一にも自分に何かあったとしても、大事な情報の多くは平出も知っている。資料もある。必要があれば彼の判断で、自分の後任を手配することも可能だ。

その日、猪狩はハンブルクの造船所に来ていた。経済使節団の小グループが見学に招かれ、それに加わったのだ。造船技術も猪狩が集めるべき情報だった。

特に望まれていたのは造船業における溶接技術だった。日本の艦船も溶接は多用されていたが、溶接可能な高張力鋼技術では遅れていた。この遅れにより日本海軍の潜水艦は、今もリベット工法で建造されていた。溶接でないことで、深深度での漏水問題が指摘されていたのである。

もちろん当座の必要量を輸入するという選択肢はあった。少なくとも最近まではヨーロッパとの貿易は可能だったのだ。

だが日本には、それも自由にはできなかった。理由は外貨の払底だった。

日華事変による軍備のために、海外から大量の資源や機材を輸入しなければならなかったが、それ以前から日本の貿易収支は赤字続きだった。

しかも、ほぼ同時期にアメリカは大幅な景気後退に見舞われていたため、アメリカからの外貨の確保もできない。結果的に軍需用の物資輸入を優先するために、民需用の輸入が抑制され、国民生活は非常に窮屈なものになっていた。

こうした状況から、国産できるものは国産化し、輸入は抑制されていた。ドイツの高張力鋼も国産化が求められる理由である。

経済使節団は一台のバスでホテルから造船所までを往復していた。安全のためと言うが、それは監視と裏表なのは猪狩にもわかる。

フランスには勝利したものの、ハンブルクのような大都市でも戦時下の窮屈な市民生活が感じられた。たとえば市内では豚の絵が描かれたトラックを見ることがあった。

最初は豚肉を配達するトラックかと思っていたが、そうではなかった。住宅街に豚の絵と「食料生産援助事業」と書かれたバケツがあり、その中身をトラックに空ける光景を目撃したからだ。バケツの中身は残飯で、つまりこれは都市部の残飯を豚の飼料にする事業である。

市内には「国のために健康になろう」みたいなスローガンも見かけたが、それとこの残飯集めは同じ文脈の運動らしい。他にも集団食堂という看板もあり、戦時下での食料供給の難しさが垣間見えた気がした。

造船所での収穫は大きかったが、思った以上に疲れていたらしい。ホテルに戻り、フロントで呼び止められた時もすぐにはわからなかった。

「猪狩様、メッセージが届いております」

慇懃《いんぎん》な態度でフロントスタッフは封筒を渡す。平出からの手紙かと思ったが、差出人は書いていない。

封筒の中には、便箋が一枚あり、ドイツ語で「船」と書かれている。船だけでは雲を摑むような話だが、猪狩には思い当たるものがあった。

ホテル近くに船という名前の小さなレストランがある。

一緒に記されていた1900という数字は、おそらく一九時の意味だろう。つまり船という名前のレストランで、一九時に落ち合うと解釈できる。

一度自分の部屋に戻り、猪狩は封筒と便箋を眺める。住所も切手も貼っていない封筒は、誰かがフロントに預けたものだ。どこの誰からか、さっぱり見当もつかない。

ゲシュタポか何かという可能性も考え難い。一応、猪狩は経済使節団の人間であり、外交官特権こそないものの、逮捕などは国際問題となるだろう。日本で三国同盟をどうするかが議論になっている時に、ことさら対独感情を悪化させるような真似はしないはずだ。

「罠か？」

常識人ならこんなものは無視するだろう。だが、猪狩は受けることにした。

これを出した人間は、猪狩がこのホテルに滞在していることを把握している。だから手荒な真似をしようと思えばいくらでも手はある。こちらは異国の日本人、相棒さえいまはいないのだ。

だからこれを無視したところで、相手は次の手を打ってくるだろうし、その場合、より暴力的な手段を用いる可能性がある。

使節団の幹部に伝えるということは考えなかった。それはそれで厄介な話であるからだ。下手をすればブレーントラストの話までしなければならないが、ここには陸軍の人間も多い。ある意味、外国人より日本人の方が剣呑《けんのん》な場合もあるのだ。

「散歩をしてくる」

一九時より少し早く、猪狩はホテルを出る。フロントスタッフは何か注意を言ったらしいが、手を振って了解したことだけを伝える。

ホテルからレストランまでは一〇〇メートルほどだが、石畳の裏道を通って行かねばならない。ホテルの裏口に回ると、食料生産援助事業のバケツが置いてあった。

確かに食事は高級なものだが、残飯が大量に出るほどではない。しかも、ホテルの宿泊客も戦時下のためか多くはない。あの程度の残飯で、どれほどの豚が養えるのか？　分析家の猪狩は、ついそんなことを考えてしまう。

フランスには勝ったとしても、この戦争、ドイツにとってなかなか厳しい状況が続くのではないか。

そうして歩いていると、猪狩は後ろから自動車のライトに照らされる。

事故死に見せかけるという可能性を見落としていたことに彼は気がつく。ここで車に轢《ひ》かれても、国際問題にまでは発展すまい。使節団も事を荒立てたくはないはずだ。

しかし自動車は、猪狩の姿を認めると速度を落とした。轢き殺されたりしないとわかり、自分がいささか被害妄想気味だと思う。

後ろから近づいているのは、フランスのシトロエン11CVだった。軍のスタッフカーとしても活用された乗用車だ。フランスを占領したドイツは大量の戦車や自動車を接収したというが、後ろの車もその類《たぐい》か。

徐行したままの11CVが猪狩の二メートルほど先で停止すると、コートを着た二人の若者が降りてきた。彼らが軍人であることを猪狩は直感した。

「猪狩さんですね、お乗りください」

最初に車から降りた男が言う。もう一人が後部席のドアを開く。ドアを開きながら片手はコートのポケットに入れている。拳銃を持っているのは明らかだ。

猪狩は11CVの後部席の真ん中に座らされ、両脇を先ほどの二人が固めた。

「あの船なら歩いて行けるがね」

「いえ、お招きしたのは別の船です」

そして11CVは速度をあげた。ハンブルクを南下し、海とは反対の方角に進む。

幹線道路を進んでいるらしいが、戦時下のためか通行するのはトラックが多く、乗用車も軍用らしいのが多い。何度か巨大なトレーラーがハンブルクに向けて、解体した船の一部みたいなものを運んでいるのに遭遇した。おそらく再び溶接するかして、一つの船にするのだろう。

車内では会話らしい会話はなかった。男たちには質問を許さない雰囲気があった。車内で聞こえるのはエンジン音だけだった。

自動車はかなりの速度で走っていたが、特に警察に止められるようなこともない。一度だけ検問を通過したが、運転手が何か小声で歩哨に言って書類を見せると、そこからは何もなかった。

二時間ほど走って、11CVは大きな町に入った。ドイツの地理に疎《うと》い猪狩だが、ブレーメンくらいは知っている。ハンブルクとの位置関係を思い出し、彼は一つの結論を得た。

「ヴィルヘルムスハーフェンに向かっているのか?」

無口で無表情な二人の男は、初めて驚きの表情を浮かべた。

「なぜわかる?」

今まで一言も発しなかった男が声をあげ、もう一人の男から「シュミット!」と短く叱責された。

猪狩にはそれで十分だ。二人のうちの一人はシュミットという名前で、車の目的地はヴィルヘルムスハーフェンだ。すでに周囲は暗闇で見るものもない。猪狩はそこで眠ることにした。とりあえず彼らは紳士的に自分を扱ってくれている。

「着きました」

シュミットではない方の男が猪狩を起こす。

「こちらへ」

自動車は予想通りヴィルヘルムスハーフェンに到着していた。ハンブルクからブレーメンを経由して大きな港湾に向かうとしたら、他に選択肢はない。それより遠距離なら鉄道なり飛行機を使うだろう。

車から降ろされた猪狩はまず全身を伸ばした。周囲のドイツ人たちは、自分が置かれた状況を理解していないかのような日本人に少し引いていた。

しかし猪狩もまた、深夜の桟橋で自分が何を目にしているかがわかると、動きが止まった。司令塔にU１０３と白ペンキで描かれているそれは、どう見ても潜水艦だ。

「どうぞ」

シュミットと呼ばれた男が手を貸して、猪狩を桟橋と潜水艦を繋ぐ舷梯に引き上げる。猪狩が案内されたのは艦首部らしい。ハッチが開いており、そこから灯が漏れている。

シュミットが先にハッチからラッタルを伝って潜水艦内に入り、猪狩はそれに倣《なら》う。もう一人がそれに続くとハッチを閉鎖した。もうここから自力では出られない。こうなればなるようにしかならない。猪狩も腹を括る。

そこは士官室があるエリアらしいが、カーテンが引かれ、猪狩には細い通路しか見えない。ただカーテンの向こうには主はいないようだった。

「お連れしました」

シュミットではない方が報告する。そこは潜水艦の先端部、つまり魚雷発射管室だ。ただし魚雷は一つもなく、潜水艦には不釣り合いな広い空間がある。

そこに金属製の折り畳み式テーブルがおかれ、そこそこ豪華な料理が二人分用意されている。一つは猪狩の分、もう一つは正面にいる五〇年配のドイツ人の分だ。彼がホストだろう。

ホストは愛想良く笑顔を浮かべ、猪狩に席に就くよう促す。そしてあまり流暢《りゅうちょう》ではない日本語で、こう述べる。

「レストラン船へようこそ」

猪狩は促されるまま席に就く。そのドイツ人には見覚えがあった。直接の面識はないが、新聞か雑誌の写真で見たのだろう。つまりそれくらいの社会的地位のある人物だ。そして猪狩は、その人物の名前を思い出した。

「閣下にこうしてお目にかかれるとは光栄です。ヴィルヘルム・カナリス海軍大将」

猪狩もさほど上手ではないドイツ語で応えた。

カナリス海軍大将はドイツ国防軍情報部部長でもあるが、猪狩もそれにはあえて触れない。この手の込んだ会見を考えれば、言わずもがなのことでもあり、必要なら話題にのぼると考えたからだ。

それでも、カナリス海軍大将が現れるとは思ってもいなかった。軍の高官であるのと、情報部部長などというのはそもそも表に出てくるような役職ではない。

「このような場所しか用意できず申し訳なく思う。ただ昨今は用心に越したことはないのでね。

海軍艦艇なら人間の出入りを完全に管理できる。とはいえ戦時下であるから、いかに海軍大将でも活動中の軍艦を自由にはできん。しかし幸いにも、このU103はドイツ海軍が保有する最大の潜水艦にして、竣工したばかりの新鋭艦だ。現在は公試中であるから、完熟訓練の一環とでもすれば比較的融通は利くのだ。

何より使節団の人間に我が国の技術力を見せつけるのは、私の権限の範囲内にある」

カナリスはゆっくりとわかりやすいドイツ語で説明した。

猪狩の到着とともに、ディーゼル主機が稼働する音が聞こえた。潜水艦は桟橋を離れ、海上に向かっているらしい。つまり猪狩は逃げ道を完全に閉ざされた。

猪狩の知る範囲で、このカナリス海軍大将はドイツ国防軍の中でも異色の存在だった。一言でいえば、軍人より政治家に向いている。

そもそもドイツ国防軍は、再軍備の資源調達のために日本よりも中華民国を重視し、友好を深めていた。日華事変で日本軍がドイツ軍の新兵器のために苦汁を飲んだのも、一度や二度ではない。

ある戦闘では、中国軍が保有するドイツ製戦車一両のために、日本の歩兵一個中隊が完全に足止めを食らったということさえ報告されていた。

中国への武器援助は、ドイツ軍にとって見返りとしての資源確保と、新兵器の実用試験の意味があった。中国戦線での経験が、ドイツ国防軍の装備の改善となるわけだ。そうした国防軍の中にあって、日独防共協定のために動いたのがカナリスであった。

もっとも猪狩は、「だからカナリスは親日派」などとは考えていない。イギリスとソ連にどう対処するかというドイツ外務省の動きやナチス内部の勢力争いなど、複雑な力学が働いた結果がこの協定であるからだ。

それでもカナリス海軍大将が、国防軍主流派とは違った視点から日本を見ているのは確かと思われた。

「それで、一介の商社員である私にどのようなご用件で？」

猪狩の言葉にカナリスは笑う。

「元禄通商の幹部社員が、一介の商社員というのは謙遜に過ぎるのではないかな。謙遜も度が過ぎると虚栄になる。まぁ、それはいい。

知っての通り、ブレスト沖海戦で我々は戦艦シャルンホルストを失い、イギリスは空母グローリアスを失った。この海戦は空母と戦艦が差し違えたものと公式には発表されている」

「イギリスの新聞にもドイツの新聞にも、そう発表されておりましたね」

猪狩がそう指摘すると、カナリスは馬鹿馬鹿しいと言わんばかりに手を振った。

「あの記事は珍しく我が国とイギリスの利害が一致したものだ。実際にはグローリアスもシャルンホルストも、たった一機の爆撃機により撃沈されてしまった。

その爆撃機は過日、ベルリン郊外の飛行場に着陸し、乗員は射殺された。そう、あの現場には貴殿もいたはずだ」

「爆撃機の乗員がなぜか警備兵に射殺された光景なら目撃しました」

猪狩は慎重にそう述べる。

「貴殿はいささか我々の力量をみくびっているようだ。シャルンホルストが撃沈された時、僚艦のグナイゼナウもまたレーダーで爆撃機の動きを把握していた。

さらに、我々はイギリス側の動きも把握している。彼らもショックを受けていたのか、情報管理がいつもより甘かったのでね」

カナリスは猪狩の反応を待っているようだったが、猪狩は黙々と食事を続ける。ここで何を言うべきか、そしてカナリスの意図を彼は必死で考える。

「空母グローリアスと戦艦シャルンホルストが撃沈されたあの時、英独艦隊以外に第三国の船がいた。日本の貨客船白山丸がそれだ。そして貴殿はその船の乗客であった。つまり貴殿はすべてを目撃したと考えられるわけだ」

「仮に閣下が仰《おつしや》るように私が白山丸での目撃者であり、飛行場に着陸した爆撃機が、シャルンホルストを撃沈した爆撃機と同じものであったとしましょう。だとしても、問題の爆撃機が貴国の管理下にあるなら、問題はないのでは？　ドイツの技術なら、それがどこで作られたのかも分析できるでしょう」

それは、半分は猪狩の願望でもあった。実は日本から、この件についての調査も命令されていた。彼が白山丸でヨーロッパに向かっている中で、日本にも同様の飛行機が着陸し、乗員一名の身柄を確保したためらしい。

猪狩が知っている情報はこれだけだが、情報が少ないのは機密管理のためというよりも、日本側の分析が進んでいないためと思われた。さもなくば、飛行機がどこの国のものかドイツ側の情報を探れという命令まで出てこない。

日本海軍が多くの情報を握っていたならば、猪狩への命令も別のものになっていたはずなのだ。

「貴殿は我々を見くびっている一方で、別の面では買い被っているのだよ」

カナリスの声のトーンがはっきりと下がった。

「まず我がドイツでは、空を飛ぶ機械はすべて空軍の、というよりもゲーリングの管轄だ。例えば戦艦の艦載機は、ドイツ以外の国では艦長の管理下にある海軍航空の一部だ。だがドイツでは空軍の管轄なのだ。わかるかね？　一隻の軍艦に、そのためだけに空軍の人間が乗り込んでおるのだ」

それは猪狩も知っている。ドイツでは伝書鳩さえ空軍の管轄だ、という冗談があるほどだ。ドイツ軍は一流だが、政治指導の能力は二流。それが猪狩の分析だった。もちろん、そんな分析はブレーントラストの席でしか口にしない程度の分別はある。

「そういう状況であるから、あの爆撃機は空軍の管理下に置かれている。貴殿も見たように、あれはどう見てもドイツ軍機であった。だが、該当する機体は存在しないはずなのだ。そしてゲーリングは、そんなことは歯牙《しが》にもかけず、あの機体はドイツ軍機だと、自分だけの玩具としているのだ」

「情報部長の閣下でも手出しできないと？」

「国防軍情報部長には、ゲーリングといえども報告義務がある。しかし、あの男には都合の悪い情報は秘密にしたがる悪い癖がある。

それ故に、シャルンホルスト撃沈の調査と称して、部下を一名押し込んだ。はっきり言って、状況は決して良くない」

猪狩は急に居心地が悪くなる。魚雷発射管室という閉鎖空間に二人だけとはいえ、海軍大将が自国政府の批判めいた話をしているのだ。外国人としてどんな顔をすればいいのか。

「貴殿も知っての通り、ゲーリングはナチスの大幹部だ。一方で、ナチスはオカルトとも親和性が高い。トゥーレ協会だのブリル協会だのという、いかがわしいカルト宗教に傾倒している幹部が何人もおる。

知ってるかね？ そうしたカルト集団は、戦争により人間の魂のステージが向上するなどという戯言を、他人に唱える愚昧な連中ばかりなのだ。

そのくせ連中は、自分たちが銃を手に前線に出るなどとは決して口にせん。そこだけは連中の唯一賢い点だ」

この件だけは感情の昂《たかぶ》りを抑えられないのか、カナリス海軍大将は猪狩の存在を思い出すと、グラスを傾け、冷静さを取り戻そうとした。

「戦争問題とは純粋に、知性の働きによるものだ」

猪狩にはそれがかなり冷酷な発言に思えた。それが顔に出たのだろうか、カナリスは続ける。

「誤解しないでもらいたいが、戦争と戦争問題は別だ。戦争問題には、戦争回避も含まれる。

戦争が国益追求の手段の一つに過ぎず、戦争回避がより国益に適《かな》うなら、非戦こそが正しい。

ある時期までのヒトラーはそうした意味で優れた政治家だった。ドイツの国力と国防軍の力を誇示し、オーストリアを併合し、ズデーテン地方さえも版図に加えた。誰の血も流れず、ドイツの国益は拡大した。

しかし、あの男の判断が的確だったのはそこまでだ」

猪狩は、国防軍の大幹部が一国の指導者を「あの男」呼ばわりしたことに、つい周囲に他人がいないことを確認した。そんな猪狩をカナリスは笑う。

「こうした話をしても安心なように、潜水艦の魚雷発射管室などという場所を用意したんだよ。伝声管もウエスを詰めてある」

それでも猪狩は、話題を少しは穏健な方向に向けるべく軌道修正を試みる。

「それでもポーランドは占領できましたし、フランスにも勝ったではありませんか」

「あんなものは偶然に過ぎん。ポーランド戦でさえ、我が国が危険な局面は何度もあったのだ。開戦そのものに国防軍は反対だった。

もしもポーランド侵攻と同時に英仏両軍が西部戦線で本格攻勢を仕掛けていたら、我が軍は敗北していた。電撃戦の勝利と宣伝しておるが、ポーランド戦の時点で、我が国の戦車数はフランス一国にさえ劣っていたのだからな。

歴史のイフではあるが、英仏軍が本格的な攻勢に出ていたなら、国防軍はヒトラーやナチス高官を逮捕するはずだった。祖国を救うにはそれしかないだろう」

猪狩はカナリスの言葉に咽《む》せそうになった。ポーランド戦の最中にドイツ国防軍によるクーデター計画があったと、目の前の男は語っているのだ。それが当たり前のことであるかのように。

「だが、悪魔が味方したのか、奴はポーランド戦にとどまらず、フランスとの戦争にも勝ってしまった。状況は非常にまずい」

「戦勝がまずいんですか？」

「戦勝などしておらん。戦争はいまも続いている。勝敗を口にできるのは、すべての戦争が終わった時だけだ。現時点で言えるのは、フランス侵攻作戦が成功した程度のことだ。貴殿は、フランスをも占領した状況で、私が何を憂《うれ》いているのかと思っているだろう。私の憂いはただ一つ、この戦争が理性で指導されていない点だ。ドイツ国防軍は開戦の不利を何度もヒトラーに説いた。ポーランド戦が世界大戦になりかねないこと、フランス侵攻が大敗に終わりかねないこと。

だが、奴は戦争という博打《ばくち》を打ち、二度とも勝ってしまった。

結果どうなったか？　ナチス政府は二度の勝利を根拠に軍事的合理性を無視した戦線拡大を計画している。イギリス侵攻という三度目の博打を計画し、さらにソ連侵攻という最後の大博打を打つつもりだ」

猪狩はカナリスの言葉を深く脳裏に刻みつつも、話の着地点が見えなかった。あの超高性能爆撃機の話とナチス政府批判がどう結びつく？

「先ほど、ナチスの高官たちがオカルトに傾倒していると言ったね。いま、その愚昧なカルト宗教の影響力が日々強まっているのだよ。

国防軍高官という専門家の意見が間違っていて、ドイツは勝てないはずの戦争に勝った。それは支配民族としての魂のステージが高いから、あるいは支配民族の運命だという類の世迷言《よまいごと》だ。

しかし、ヒトラーやゲーリングのような男たちには、その世迷言が心地よい。

そうした中で、あの爆撃機は現れた。まさに最悪のタイミングだ」

「どう、最悪なんですか？」

カナリスはその先の話に抵抗があるようだったが、それでも重い口をひらく。

「ナチス高官に影響力を持つカルト集団の主張を知ってるかね？　アトランチスの実在を信じ、古代文明の失われた力を復活させるとか、アンタレスだかアルデバランだか、宇宙の精霊と交信するというような戯言ばかりだ」

猪狩は恐る恐る思いついたことを尋ねる。

「あの四発機は、古代文明の何かだと？」

「ブリル協会がどこかの古城で降霊術を行なって、宇宙の精霊と交信したら、あの飛行機が現れた。そんな話を言い出して、ハインリッヒ・ヒムラーやルドルフ・ヘスのような連中がそれを信じているのだ。少なくとも可能性の一つとしてな。

古代文明なのか宇宙から来たのか、そんなことはどうでもいい。連中にとって重要なのは、これが超自然現象ということだ。それは遠回しの国防軍批判でもある」

それでも猪狩には、なお信じられない点があった。

「高性能爆撃機が飛んできただけで、そんな突拍子もない話を政府高官が信じるものでしょうか？　普通は第三国の介入を考えるのではありませんか？」

「そう単純な話ではないのだよ」

カナリスは不愉快そうに告げる。可能なら口にしたくないように猪狩には感じられた。

「通常の手続きに従い、あの爆撃機の搭乗員は射殺された後で、司法解剖に回された。もちろん目的は連中の正体を明らかにすることだ。しかし、結果は謎を増やすだけに終わった」

カナリスが猪狩に語った内容は信じがたいものだった。まず二人の乗員は金髪でドイツ人の青年に似ていたが、顔は二人とも兄弟のようであった。

外観上、生殖器は認められないが、手術痕があり去勢された可能性があるという。

そして骨格や内臓は人間と似ているが、臓器の配置や骨の数など異なる部分も多い。用途不明の臓器もある。さらに人工的に組み込んだとしか思えない、ビニール袋のような薄膜が積層した何らかの装置も内蔵されていた。

こうした特徴は射殺された二人に共通しており、彼らは同一民族と思われた。ただ人間に酷似しているのも事実であり、二人の人間に対して、何かの意図を持って医学的な改造を施した可能性があるという。

「アンタレスやアルデバランからやってきた異民族というより、人間を改造したとする方がまだ理解できる。問題は、そんな高度な医療技術をどこの国も保有していないことだ」

「古代文明を除いて？」

猪狩の言葉に、嫌な冗談を言う奴だとばかりにカナリスは不快な表情を見せた。

「その通りだ。あの搭乗員たちの死体が、カルト集団に影響力を持たせる結果となってしまったのだ。

国防軍にとっては非常な逆風だ。あの愚昧なカルト集団は、爆撃機の乗員を警備兵が射殺しなければ、いまごろ我々は、古代の英知を携《たずさ》えた優れた民族を迎えることができたはずだと主張している。

むろん根拠などない。奴ら自身、あの搭乗員が古代民族の末裔などという話を信じているのか疑問だ。だがそんな事実関係など、奴らにはどうでもいいのだ。荒唐無稽な話であっても、それによってナチスが国防軍の権力を削ぎ落とせるならそれでいいのだよ。結果として、あの爆撃機と乗員を送り出した存在の正体について、調査は著しく難しくなった」

「つまりナチスの高官は古代文明の英知などまるで信じてはいないが、政治的な利用価値がある限りは、信じていると公言するということですか。そしてあの爆撃機の真の正体を明らかにするのは、そうした政治勢力にはむしろ不都合だと？」

カナリスは天を仰ぐ。

「なんということだ。ドイツ人の高官には通じぬ道理が日本人の貴殿にはあっさりと通じるとはな。

ともかくあの四発機は、ドイツを底知れぬ戦争の泥沼に引き摺り込む悪魔となり得るのだ。

にもかかわらず馬鹿どもは、あれを量産すればイギリスも、ソ連さえも屈服させられると吹いている」

そこは猪狩も気になるところだ。

「機体は空軍が解体分析中だが、あれを量産するのは我々には無理だ。機体を構成する技術が我らより一〇年は進んでいるという見立ては無視しよう。技術的ハードルを無視したとしてもだ、あんな巨大機を量産できるだけの工場とアルミが、我がドイツのどこにあるというのか？　一機、二機ではダメ。戦争に勝つためには一〇〇〇機、二〇〇〇〇機の単位で量産せねばならんのだ」

そしてカナリスは口調を改める。

「貴殿はまだ知らぬだろう。日本のドイツ大使館からの報告があった。米内内閣に倒閣の動きがあった。陸相が辞任し、陸軍が後任を出さないと言ったのだ。

だが阿部陸軍大将が陸相を快諾し、米内首相を辞任させる工作は失敗した」

その話に猪狩は驚きを隠せなかった。祖国でそんな動きがあったとは。

「現下の状況で米内内閣が維持されるのは、ドイツにとっても朗報と私は思っている。日本の陸軍強硬派を押さえつけられれば、三国同盟は結ばれまい。あの条約の締結には私も多少は助力したが、今となっては結ぶべきではない。

三国同盟が不成立なら、ドイツの冒険主義者たちも少しは冷静さを取り戻そう。それは日本の強硬派を抑えるためにも好都合だろう」

猪狩はそこでやっとカナリスの意図が見えた。遠回りの説明であったが、あの四発爆撃機が人間とも断定できない存在に操縦されていたことが、ドイツ国内の政治情勢を難しくしていたとなれば、致し方あるまい。

「貴殿は元禄通商という日本海軍のダミー会社で働いている。それだけでなく、米内首相に近い人脈に連なっていることもわかっている。驚くことはない、我々も給与分の仕事はするのだよ。

そこで米内首相と秘密同盟を結びたい」

「それは日独の秘密協定という意味でしょうか？」

カナリスは首を振る。

「それでは三国同盟となんら変わらないではないか。そうではない。ドイツ海軍の大将が日本海軍の大将と密かに手を組みたいという話だ。

簡単な計算がある。日独伊三国の経済力はイギリスとソ連の経済力と均衡する。

この状態で三国同盟が成立し、ソ連とも戦争になればどこにも勝者のいない共倒れとなる。ところがだ、統計によるとアメリカ一国で日独伊の経済力に勝るのだ。

したがってアメリカが連合国に加わった場合、戦争は日独伊三国の一方的な敗北に終わる。そうなればドイツは占領したはずのフランスからさえ追い出される。

我々はこれ以上、戦線を拡大できない。少なくとも、ソ連とアメリカとは戦争をしないことが、日独が破滅しないための最低条件だ。

破局を避けるためには、日独の非戦派が手を握る、非戦同盟が不可欠だ」

「私にそのための窓口になれと？」

「残念ながら、時間がない。ことは急がねばならず、貴殿しか頼める人間はいないのだ」

それは猪狩にとっては難しい判断だった。彼に与えられた任務は欧州情勢の調査であり、外交官の真似事ではない。

カナリスはドイツ国防軍の情報部部長という謀略工作の親玉だ。常識で考えるなら、この男の言葉を鵜呑みにするのは危険すぎる。

しかし、猪狩も海軍省第四部調査課の人間との交流は深い。謀略を行う人間にも一流から三流まで色々な人物がいることはわかっている。

ブレーントラストとの関わりの中で、猪狩も謀略に携わる人間を見極める目は養ってきたつもりだ。そうした目で見れば、カナリス海軍大将は、単純に善人悪人で割り切ることはできない。色々な陰影を持つ人物だ。

それだからこそ猪狩はカナリスに賭けてみる気になっていた。欧州には平出もいるし、どうやら桑原もイギリスで無事らしい。

ならば本来の任務の途中ではあるが、自分がいま帰国したとしてもブレーントラストが被《こうむ》る影響は限定的だ。一方でカナリスの提案が嘘ではないとき、自分がカナリスと米内の間を取りもつことは、日独にとって大きな国益となるだろう。

「わかりました。微力ながら、働かせていただきます」

「ありがとう！　アリガトウ！」

カナリスは最初はドイツ語で、ついで日本語でそう言った。

そこからは事務的な話になる。さすがに猪狩もブレーントラストの話まではしなかったが、仲間に引き継ぎが必要なことは告げた。

それは暗に、自分に何かあれば然るべき組織が動くことを匂わせたわけだ。現実は欧州全体で数人の規模で、しかもそれが散っている。お世辞にも組織という体《てい》ではない。

もっとも目の前の人物は、それくらいのことはお見通しという気もしてはいた。

「海路よりもシベリア鉄道での帰国が上策でしょう。満洲で飛行機に乗り換え、そこから日本に戻るのが」

カナリスの提案は、猪狩の考えと同じだった。イタリアがイギリスとフランスに宣戦布告した結果、地中海を通ってスエズ運河経由の航路は安全とは言えなくなった。スエズ運河はまだ封鎖されてはいないが、先はわからない。

さらに地中海の航行が難しい。イタリア、ドイツの船はイギリスに攻撃され、イギリスの船舶はイタリアに攻撃される。

日本籍の船は安全なはずだが、拿捕《だほ》される可能性は高く、そもそも日本の欧州航路の多くがすでに止まっている。となればシベリア鉄道を使うよりない。

二人がそんな話をしていると、U103の艦長らしき人物が、ノックとともに入ってくる。そして猪狩にはわからないと思ったのか、小声で告げた。

「本艦を追跡している船舶があります。一時間ほど様子を見てましたが間違いありません」

その報告を受けたカナリスの表情は恐怖ではなく、当惑だった。

「周囲に艦影は？」

「深夜ですので見えません。水中聴音機が推進機音を捕捉しました。本艦を追跡しています」

カナリスは艦長に命じる。

「照明弾を打ちあげてみたまえ。聴音機に捕捉される距離で、真後ろにいるなら、それで正体は確認できる。こちらが相手に気づいていることを教えれば、逃げ去るに違いない」

「了解いたしました」

艦長はそのまま辞去する。

「本艦を追跡ですか？」

それを聞いても、カナリスは落ち着いた様子で、猪狩にポットの紅茶を勧める。

「国防軍の高官は常にナチスに監視されている。何を探るわけではない、監視していると誇示することで、こちらを萎縮させようというわけです。

ただ貴殿の帰路は少し考えねばなりませんな。馬鹿が暴走して貴殿に何かあれば、国の命運を左右しかねない」

そうした時に艦長が戻ってきたが、明らかに表情は青ざめている。

「照明弾を打ち上げましたが、本艦を追跡している船舶は目視できませんでした。探照灯も使いましたが、全く見えません。

しかし、水中聴音機は依然として推進機音を捕捉し続けています」

カナリスの表情が曇る。

「艦長、本艦は速力一五ノットで航行中で、それが追跡され、しかし艦影はないというのだな」

「そうです、閣下」

二人は緊張した様子だが、猪狩は状況がわからない。そこでカナリスはドイツ語で説明を始めるが、艦長は猪狩がドイツ語を理解できることに驚いているようだった。

「我々を追跡しているのは潜水艦と考えて間違いないだろう。水上に姿がないのだから

「な」

「それが?」

「猪狩くん、我が国を含め、水中を長時間にわたり一五ノットで航行できる潜水艦などないのだよ。

　通常の潜水艦は潜航すれば速力は四ノット程度で、最大に出せても八ノット前後が限界だ。

　それでさえ一時間出せればいい方で、そうなれば電池は過熱し、水素ガスが危険なほど放出される。そんな愚行を犯す艦長などおらん。この地球にはな」

　カナリスの「この地球には」の意味を、U１０３の艦長は何かの修辞表現と解釈したようだが、猪狩にはその意味がわかった。

　戦闘機隊を全滅させるような爆撃機を製造できる国なり組織なら、水中を一五ノットで航行できる潜水艦くらい持っていても不思議はない。

「艦長、艦尾魚雷発射管には装填されているか？」

「予備の魚雷については移動しましたが、もともと発射管にはすべて装填されています」

　艦長の口ぶりからすれば、どうやら猪狩との会食のために、わざわざ魚雷を移動させたらしい。

「艦長、本艦を反転させ、水中探信儀により探信音を出せ。それでこの潜水艦がどう反応するかを見る。

それとすまんが、ここは片付けてくれ、私は発令所に移動する」

カナリスは猪狩にも「わかるな」という視線を送る。下手をすれば、この追跡してくる潜水艦と一戦交えることになるかもしれん。そうなれば魚雷発射管室は元に戻す必要がある。それは猪狩にもわかる。

「相手の出方を探るんですか、閣下？」

発令所に向かうカナリスに猪狩が尋ねると、彼はうなずいてそれを肯定した。

猪狩たちと入れ替わるように、魚雷員たちが発射管室に向かう。どうも彼らはこれも訓練と考えているらしい。

そうしている間にU１０３は旋回し、猪狩は咄嗟《とっさ》に近くのパイプに無様に抱きつく。カナリスもパイプに摑まったが、さすがに海軍軍人だけあって動きはこなれていた。

潜水艦が反転すると、水中探信儀より超音波のピン音が放たれる。

「所属不明潜水艦、本艦の前方二四〇〇！」

探信儀員が報告する。

「所属不明潜水艦、左舷方向に転舵、現在位置より離脱！」

正体不明の潜水艦が逃げたことに、艦内は一瞬安堵に満たされた。

しかし、それも長続きはしない。

「所属不明潜水艦、反転！　左舷方向より急激に接近中、速力一五ノット！」

「馬鹿な……」

カナリスが呟く。

「どうしました？」

「猪狩くん、一五ノットで進む本艦から見て、左舷から一五ノットで接近するように見えるとすれば、その潜水艦は二一ノットの速力で水中を進んでいることになる」

「二一ノット出せる潜水艦ですか。攻撃してくるのでしょうか？」

客観的には絶体絶命の状況にも見える。しかし猪狩は、未知の相手の能力を確かめる機会に立ち会えることに興奮もしていた。

「相手の意図はわからんが、自分たちが潜水艦の性能で優位なのはわかっているだろう。攻撃する気なら、とうの昔に攻撃している」

カナリスは、若い頃には潜水艦基地の建設を担当したり、自身もUボートの艦長だった経験があるという。その彼の分析には然るべき説得力があった。

「連中は閣下の乗艦を知っているのでしょうか？」

猪狩の質問に、U103の艦長は驚いたが、カナリス自身はその可能性を考えていたのか、軽くうなずいた。

「あの潜水艦の標的は私かも知れないが、貴殿の可能性もある。爆撃機による軍艦攻撃の一部始終を目撃していたわけだからな。

しかし、そうだとするとだ、これは非常に厄介な問題となる。非常にな」

カナリスはそれしか言わなかったが、猪狩にはカナリスの立場からの問題の深刻さがわかった。猪狩がここにいるのはカナリスの計画であり、猪狩自身はこの件をまったく知らなかった。

だとすればドイツ国防軍の暗号は解読されている可能性が高い。しかも今日《こんにち》の軍用暗号は機械式暗号機であるのは知っている。解読のために必要な数列の組み合わせは億兆を超える。

にもかかわらず、それを解読できる技術をあの潜水艦の乗員たちが持っているなら、ドイツ軍の行動は筒抜けだ。いやその技術があれば日本を含む世界の列強の暗号通信は、すべて筒抜けということになる。

さすがのカナリス海軍大将も、そうした事実を外国人の前では口にできなかったのだろう。

「もしも閣下の考えどおりなら、彼らは我々を攻撃しないでしょう。常道なら、自分たちの能力を誇示する真似はしません。それをあえて誇示するのは、それこそが目的だからです」

暗号という言葉を口にできない以上、表現がわかりにくくなるのは避けられない。だが、その猪狩のわかりにくい意見を、カナリスは正確に理解したのだろう、ハッとしたようにうなずく。

謎の潜水艦がこうして現れた場合、ドイツ軍が自分たちの暗号が解読されていると判断するのは容易に推測できる。そうなれば今までの暗号を一新する可能性がある。せっかく解読した暗号も、ゼロから解読し直すことになる。

つまり暗号を解読した側は、解読したという事実を相手に知らせてはならないのである。それはどこの国でも鉄則だ。

にもかかわらず、彼らがそのことを明らかにしたのは、ドイツ軍が何度暗号を改変しようと解読できるという自信の表れであり、要するに力の誇示なのだろう。

力を誇示するならば、それを目にする人間には死んでもらうわけにはいかないのだ。

「艦長、海中に発光体が見えます！」

司令塔の上から哨戒長が叫ぶ。艦長が制止する間もなく、すぐにカナリスは司令塔につながるラッタルを駆け上り、猪狩にも上ってこいと言う。

「あれか！」

左舷方向、ほぼ一キロ先の海中に発光体があった。潜水艦のライトを点灯させているらしい。それは確かに二〇ノット以上の速度で接近してくる。

司令塔の哨戒長は、伝声管に取舵いっぱいを命じた。攻撃はしないだろうとの当初の予想とは裏腹に、明らかに発光体は、U103の左舷に体当たりをしようとしている。

U103は大急ぎで取舵を切ろうとするも、針路が変わるまでにはやはり時間がかかる。

「魚雷だ！」

司令塔の見張員が叫ぶ。確かに海中の発光体から、別の発光体が発射された。速度から推測して確かに魚雷と思われた。

「発光する魚雷だと！」

猪狩には相手の意図がわからない。自分たちの力を誇示したいのかもしれないが、魚雷の位置まで知らせるというのは悪趣味としか思えない。

魚雷は直進していたが、哨戒長の取舵の命令がようやく効いてきた。U103の真横に衝突するかと思われた魚雷は、U103が方向を変えるに伴い徐々に位置関係が変わり、ついに左舷の五〇メートルほど横をすれ違っていった。

「あの潜水艦の目的が、貴殿の言うように力の誇示なら、今の雷撃は我々が転舵するタイミングまで計算したことになるが」

カナリスのその質問で、猪狩は魚雷が発光していた理由がわかった。

「あの魚雷は最初から発光していました。発射と同時に転舵すると彼らが考えていたら、魚雷と本艦は紙一重ですれ違うようにタイミングを計算できます」

「我々は計算通りに動いただけか……誰か知らんが不愉快な連中だ」

雷撃はその一回だけだった。U１０３とすれ違った魚雷は、すでに脅威ではない。誰もがそう思ったが、それは間違っていた。

「ぎょ、魚雷が戻ってきます！」

見張員の報告は、半分悲鳴だった。すれ違ったはずの魚雷は、U１０３から一〇〇メートルほど離れると、そこからなぜか進路変更し、大きく弧を描きながら、再びU１０３の側面を目指して突進してきた。

「発射した魚雷の進路を操縦できるとはな」

カナリス海軍大将は達観したように、そう呟く。もはや針路変更は間に合わない。

「猪狩君、どうやら彼らは我々の計画を阻止し、世界を破滅させたいらしい」

カナリスはそう言って、猪狩の手を握った。

「どうやら私の運命に、貴殿を巻き込んでしまったようだ。申し訳ない」

すでに魚雷はU103の側面まで、あと一〇メートルという距離まで接近していた。

猪狩がカナリスに答えようとした時、魚雷の光は舷側と衝突した。

しかし、U103には衝撃も何も起こらない。

「右舷に発光体！　本艦より離れていきます！」

猪狩もカナリスも、司令塔を右舷側に向かう。確かにあの魚雷の光が右舷側に現れ、U103から離れている。

「奴め、本艦の艦底を潜り抜けたというのか！」

カナリスは、外部から操縦されているらしい魚雷の性能に打ちのめされているようだった。一度は死を覚悟したのに、その覚悟を弄《もてあそ》ばれたためだろう。

そして魚雷の発光も、潜水艦の発光も同時に消える。

呆気にとられている司令塔の人間たちに、発令所の艦長が声をかけた。

「閣下、潜水艦の推進機音が消えました。探信儀にも反応なしです！」

「何が起きたんでしょうか？」

猪狩の素朴な疑問に、カナリスは答える。

「おそらく聴音機や探信儀が届かない深海に潜ったのだ」

そしてカナリスは猪狩の肩を摑み、真剣な表情で告げる。

「あの潜水艦の主人が何者であれ、世界の破滅は望んでいない。それがいま証明された。ブリル協会の連中は馬鹿者揃いだが、一つだけ正しいのかも知れん。あの爆撃機や、いまの潜水艦は、神の意志だ」

7章　オリオン小判

「お前が遊んでいると言うつもりはないが、いい加減にもっと実のある情報を聞き出してもいい頃ではないか？」

深夜に秋津を叩き起こした武園の第一声がそれだった。秋津がホテルの自室で、呆然としている間にも、武園は秋津の私物を鞄に詰め込んでいる。

「何をするんだ！」

抗議する秋津に、武園は作業の手も休めずに言う。

「引越しだよ、引越し！」

秋津は霞ヶ関にも近い都内のホテルに宿を取っていたが、武園によれば、ブレーントラストの会合があった翌日の七月一八日には、首脳陣の話し合いで宿舎を移すという話にな

るという のだ。そしてオリオン屋敷に近い一軒家を手配し、いまから武園と共に、そこに移動するというのだ。

すべては秋津の知らない間に進められ、気がつくと武園が用意した車に私物と一緒に載せられていた。

もともと和歌山からこちらに来るまでが急な話であったので、私物はごく少ない。海軍が用意してくれたものは、ほぼホテルの備品であったし、あとは資料関係だ。

なので鞄一つで引越しは終わる。大した情報を得られていないと言われれば返す言葉もないのは事実だが、武園の言い方には秋津も流石《さすが》にカチンときた。

「実のある情報と言うが、宇宙についての知識のない君らに理解できるように情報を聞き出すのは簡単じゃない。それにオリオン太郎の言葉の信憑性を評価しながら聞き取っているんだ。

実のある話をする前段階の作業をしているんだよ。いいか、少なくとも彼は日本人でも日本の文化で育った人間でもない。

だいたい一月足らずの間に、方針が二転三転するなら却《かえ》って結果は出てこないぞ」

「それはすまなく思っているよ。そうそう、奥さんは元気だ。来月には出産らしい」

武園は暗に、海軍は家族の面倒を見ているのだと仄めかす。ただとりようによっては家族も監視されているとも解釈できた。戦時体制の中、楽観的な幻想は禁物だと秋津は感じるようになった。

「しかし、引越しなら朝でもいいだろう」

秋津は旧友に訴えるが、武園はあくまでも海軍軍人として、それに応える。

「夜明けを待っていては、勝てる戦《いくさ》にも勝てんぞ」

「戦って……」

武園はそこで、ドイツの猪狩より送られてきた報告を秋津に教えた。ドイツの高官と接触し、戦線拡大を阻止するための日独の協定を結ぶという話と、オリオン太郎たちはどうやら高性能潜水艦を有しているという話である。

「猪狩の話が事実で、水中を二〇ノットで航行し、発射した魚雷を水中で操縦できる潜水艦があるなら、世界の海軍の勢力図は一変する。我が国にあれば、英米との戦争回避に道をつけることができる」

「オリオン太郎は飛行機について知っていても、潜水艦については知らないかも知れないだろう」

「そんなことは問題ではない。オリオン太郎に仲間があり、基地があると報告したのはお前だろう。現実に潜水艦がドイツに現れたからには、彼らの中にそれを建造し、運用できるものがあるのだ」

秋津は以前から感じていた違和感を武園にぶつけた。

「ブレーントラストや高木さんは、地球の外からやってきた知性体をどう思っているのだ？　彼らの技術に興味があるのはわかるが、文化や思想には興味はないのか？」

それに対する武園の答えは、ある部分で秋津も予想していたものだった。

「地球の人間だろうが、地球外の人間だろうが、外国人には違いあるまい。どこの星に生まれようが人は人だ。

彼らの意図はなんであれ、客観的に見れば大規模な戦力を投入できるだけの力はない。お前の話だと、高性能の飛行機が四機飛んできただけだ。それに潜水艦が一隻。その倍の戦力があったとしても、トータルの軍事力では我々の方が上だ。

ただ技術力は活用できる。数で勝る我々が彼らの技術をものにできたなら、鬼に金棒ではないか」

「明治のお雇い外人のようなものだというのか？」

武園はそれを聞いて膝を打つ。

「そうそう、何かに似ていると思ったが、それだ」

秋津は平静を装ってはいたが、内心では途方にくれていた。例えば「どこの星に生まれようが人は人だ」というのは、それだけ切り取れば公平な見方に思えなくもない。

だが、違うのだ。軍人に限らず多くの日本人が、「動物は進化したら高等生物としての人になる」と考えている。そして人というのは、まさに自分たちと同じ動物を意味する。

つまり武園も高木も、オリオン太郎が人間とは異なる存在であるという事実をまったく認識していないのだ。だからオリオン太郎に自分たちと同じ振る舞いを期待するし、自分たちのやり方が通用すると思っている。

異質な存在故に自分たちの方法論が通用しない、自分たち以外のやり方があるという発想にはならないのだ。もちろん秋津はこの点については何度か指摘し、説明しているが、彼らの認識を改めるには至らない。

それは秋津の力の無さといえばそれまでだが、もう一つの理由がある。実はブレーントラストに科学者は秋津しかいない。他のメンバーは経済や政治学の専門家ばかりである。どうも海軍の高官たちにとって科学者とは、自分たちが専門知識を利用するための道具でしかなく、意思決定に意見を述べるような存在ではないのだ。

だから秋津は帝大教授ではあったが、それでもオリオン太郎から情報を引き出すための道具でしかなかった。そのことはこの数ヶ月で何度も感じていた。中学の同期だった武園でさえそうなのだ。

「お前にはわからんかも知れないが、急がねばならんのだ。政治的に微妙な時期なんだ」

武園はそう言うと、極秘情報を密かに明かしてくれる。ただそれも旧友だからというより、科学者は道具であるから、情報を教えても実害がないと思われているらしい。天文学などやる浮世離れした連中は、政治的な行動をしないと軍人たちは信じているようだ。

それでも武園の話は、秋津にも憂慮すべき内容であった。陸軍による米内内閣倒閣運動は、予備役大将の阿部が陸相を引き受けたことで頓挫した。

それで陸軍強硬派の動きは潰《つい》えたかに見えたものの、ヨーロッパでのドイツの勝利とフランスの敗北は、三国同盟推進派の動きを活発化させた。

そうした情勢の中で飛び出してきたのが、北部仏印進駐という問題であった。

ヨーロッパで戦争が始まる以前から、フランス領インドシナ、いわゆる仏印は軍事面では非常に厳しい状況にあった。北方では日本軍と中国国民党軍が対峙し、仏印国境に迫っていた。さらに海南島方面は日本軍がすでに占領し、その圧力を受けていた。またタイとは長年にわたり国境問題を抱えている。

フランス軍が精強なのはあくまでも本国の話であり、仏印のフランス軍は植民地の治安維持軍レベルでしかない。それはつまり仏印内部に、独立を目的とする民族主義者勢力が存在することを意味していた。

日中関係ひとつとっても、状況は難しい。日本は仏印経由で中国に援助物資が流れる、いわゆる援蔣《えんしょう》ルートの遮断を要求した。必要なら仏印に部隊を進駐させるという強硬な姿勢である。

一方の中国国民党政権は、援蔣ルートの遮断には反対であり、その場合は部隊を仏印に進出させるという。そうなれば、仏印総督府が確保しているかつての中国領の失地回復運動になりかねない危険を孕《はら》んでいた。

このような状況下で、フランス本国はドイツに降伏した。フランスが早々に降伏したのは、ドイツ側がフランスの植民地確保を認めるという判断をしたためだ。

戦後、ドイツがヨーロッパの主導権を握る中で植民地帝国フランスは、第二位の地位を確保するという意図があった。

しかしイギリスは、ドイツだけでなくフランスと植民地との海上輸送も封鎖した。これは仏印総督府には深刻な影響を及ぼした。仏印の経済は、半分以上が宗主国であるフランスとの貿易で成立していた。このため仏印総督府はフランスに代わる貿易相手国を見つけねばならなかった。

アメリカは、仏印総督府が本国のヴィシー政府との関係を断たない限り、武器援助などはできないと回答していた。紆余曲折の中で、彼らが選択したのは日本であった。

こうして仏印総督府は、援蔣ルートの遮断と仏印での日本陸軍の行動を限定的に容認する方針を決定していた。

しかし、現地の陸軍は仏印総督府との協定を無視しがちであり、それが複数回に及ぶというのが実情だった。

さらに日本海軍の積極派は、長年の南進政策の拠点として仏印の基地化を構想していた。こうした複雑な思惑の中で、仏印総督府との協定には縛られず、北部仏印進駐が陸軍の一部で計画されていた。もっとも植民地とはいえ、自国領に外国軍が進駐することを無条件で受け入れる国があるはずもなく、また陸軍中央には反対意見も強いため、現時点では実行されてはいない。

「もしも北部仏印進駐など行えば、日米関係も日英関係も、修復不能なほど悪化するだろう。

アメリカにすれば日本の中国支配は容認できないし、イギリスから見れば仏印に日本海軍の基地が建設されれば、マレー半島からシンガポールのイギリス軍は直接の脅威にさらされるからな」

「それとオリオン太郎の情報入手を急ぐことと、どうつながる？　オリオン太郎の技術情報が入手されたなら、それは圧倒的な新兵器になるだろう。むしろ戦争を誘発するのではないのか？」

秋津がそう言った時の武園の顔は、まるで飼い犬が言葉を話したのを目《ま》の当たりにした飼い主のようだった。

「開戦とは能力の問題ではない。意図の問題だ。新兵器の保有が必ずしも戦争を誘発はしない。

我が海軍は現在、新鋭戦艦を建造中だが、それはあくまでも国防のためであって、就役したから戦争になるわけではない。むしろこれは抑止力だ。

重要なのは、新兵器を保有する人間が国防のためにそれを使うのか、先制攻撃のために使うのか、その違いだ。

わかっていると思うが、我々は開戦を望んではいない。だから日本が破局を回避するためには、我々がオリオン太郎の新兵器技術を管理する必要がある。

まかり間違っても、陸軍強硬派がこの技術を手に入れるのを許すわけにはいかんのだ」

武園はそれでわかるだろうと話を切り上げた。しかし、秋津は納得できない。

「相手は地球の外からやってきているのに、陸海軍が争っている場合なのか？　それどころか英米とも協調すべき問題かも知れないんだぞ」

秋津がここまで食い下がるとは武園も思っていなかったのだろう。そして彼の指摘は海軍軍人には痛い指摘でもあったらしい。武園は「自分たちは大局的にものを見ているのだ」という返事にもならない返事をするだけだった。

結局、秋津にとっては軍人たちの固定観念が強いことを再確認する結果に終わった。

ただこのことは、秋津がブレーントラストにとどまる強い動機となった。オリオン太郎が何者か、それを正確に理解できるのは、宇宙について知っている自分しかいない。だからこそ自分が軍人たちとオリオン太郎との間を繋がねば、相互不信から何が起こるかわからない。悲劇を避けるためにも、自分はここにいなければならない。彼はそう決心した。

オリオン屋敷のオリオン太郎は、相変わらず浴衣姿でいた。それが妙に似合っていた。なるほどこれでは、オリオン太郎が自分たちとは異質な高等生物なのだとブレーントラストで力説しても、なかなか納得してはもらえまい。

オリオン太郎は庭の籐椅子に腰掛け、皿に載せた羊羹《ようかん》を食べていた。報告によると、ここしばらくは羊羹だけで生きているといっても過言ではないらしい。食事一つとっても、彼にはまだわからない点が多いのだ。

例えば紅茶に砂糖を入れることを拒否していたはずなのに、最近は羊羹ばかり食べて生きている。食の嗜好がオリオン屋敷に来てから切り替わったと言うのだが、そのレベルのことからわかっていないのだ。

「おはようございます。いらっしゃる頃だと思ってました」

オリオン太郎は快活に、秋津に椅子を勧めた。

「なぜ、私が来ると思った？」

「ドイツと日本の時差は八時間。現地で一八日の深夜に起きたことが報告され、それで行動に出るとしたら、これくらいの時間かなと思ってました。今日こなければ明日」

どういう手段かわからないし、オリオン太郎にも説明できないようだが、彼は外部の仲間と連絡を取ることができるらしい。ただし、それがいかなる原理によるものかはわからない。

「ドイツで何があった？」

秋津はとぼけて見せたが、オリオン太郎には通じなかった。

「もう報告は届いているはずですよね。

まぁ、ドイツのＵ１０３にてカナリス情報部長と元禄通商の猪狩周一が秘密裏に接触し、日独の非戦協定を検討した。そこに我々の潜水艦がお邪魔した。そんなところです」

「無線機でも隠し持っているのか？」

「つまり、いまの僕の話は正しいわけですね」

オリオン太郎に指摘され、秋津はつくづく自分は尋問役には向かないと思った。不用意な質問で、オリオン太郎に自分たちがそう認識しているという情報を与えてしまった。そして自分は肝心な情報を得ていない。

「無線機など隠し持ってませんよ。身体検査は何度も受けましたし、最近では排泄物まで回収され、分析されてます」

それは秋津には初耳だった。ただ排泄物の回収・分析が最近なら、オリオン太郎が人間ではないという認識を海軍がようやく持ったということだろう。

「どう説明したものか、難しいのですが、まぁ、日本の皆さんなら僕らの能力は以心伝心とでもなりますか。

それでどうして僕らは、ドイツでU103相手に示威行為をするに至ったのか？　僕たちも地球の人たちにどう接するべきか、それを考えあぐねてのことです。

僕らの力を見せたら、大人しく話を聞いてくれると思ったんですけどね。だけど、飛行機の乗員は殺され、生きているのは僕だけです」

「オリオン太郎が君らの中でも特別な存在として、たとえば軍人の位でいえばどれくらいなんだ？」

それは秋津の確認行為だ。軍人の階級は国によって細かい相違がある。もしもそれを正確に表現できたなら、彼らは少なくとも日本の社会常識にかなり通じていることになる。

それは遠回りに思えたが、秋津はまずこうした基盤部分から相手の知識を積み上げるのが一番だと悟ったのだ。

「そうですね。日本海軍で言えば、僕の位は海軍大将ですかね。ブレーントラストのメンバーは、ですから官階的には僕よりみんな格下なんですよ。海軍大佐の高木さんもね。帝大教授の秋津先生は高等官一等だから、あの中では格が上の方、だから僕と話せるわけです」

秋津は腰が抜ける思いがした。いまのいままでオリオン太郎が自分を交渉相手に指名していたのは、天文学者という専門知識のためと思っていたし、自負もあった。

だが、オリオン太郎の交渉役の選定基準が官階の上下とは夢にも思わなかった。

「あっ、もちろん高等官一等の人は他にもいますけど、科学者は秋津先生だけです」

オリオン太郎のその言葉は、慰めではないのだろうが、秋津をいささか落ち着かせた。

ただ、その続きはやはりショックだった。オリオン太郎は言う。

「やはり天文学者の方は、宇宙空間の大きさを理解してます。それは何より大きい。もっとも秋津さんの知識には間違いも多いですけどね」

「間違いが多いとはどういうことだ！」

「文字通りですよ。先生は地上から望遠鏡で空を見るだけ。月にすら行ったことがないじゃありませんか。

だけど僕らは宇宙からやってきた。先生の知らない宇宙の手触りも知ってるんです。宇宙にいたわけですからね」

地球外人から、「月にも行ったことがないだろう」と言われれば、確かに返す言葉もない。自慢ではないが、秋津は飛行機にさえ乗ったことがない。宇宙など夢のまた夢だ。

だが秋津はここで、重大な事実に気がついた。四発陸攻の技術にばかり気を取られていたが、オリオン太郎の知識で一気に陳腐化してしまうのは、他ならぬ自分のような天文学者の知識なのだ。

月がどんな天体か、地上で議論百出でも、オリオン太郎が月の石を持ち込めば、あるいは月の裏側の写真を持ち込めば、現実の前に多くの理論が覆《くつがえ》される。

「地球の人との交渉役に、海軍大将相当の者がやってきたのに、それらは僕以外は殺されてしまった」

「オリオン太郎と一緒だった彼も大将相当なのか？」

「操縦員は……そうだね、海軍軍人で言えば、兵曹長かな。飛行機のことはあれに任せてあったから」

秋津はオリオン太郎の言い方に違和感を覚えた。彼の日本語能力にもよるのだろうが、彼は今回に限らず、射殺された操縦員をいつも「あれ」などと物のように表現していた。いままでは人称名詞の使い方の問題と思っていたが、官階に拘《こだわ》っていたことが明らかになったいま、オリオン太郎は操縦員を本当に物としか思っていないのかも知れない。

だとすれば戦闘機隊を全滅させ、軍艦を轟沈した彼らの行動には、人命だの人道などは微塵も含まれていない可能性がある。つまりこの愛想のよい地球外人の青年は、何かを為そうとしたとき、人間の命など歯牙《しが》にもかけないかも知れないのだ。

「僕らとしても計画があったんですよ。でも、四人の海軍大将相当のうち三人も殺されてしまったら、計画の修正は必要なんですよね」

「そうなのか？」

「当たり前でしょう、秋津先生。高位の者がそんなにいるわけないじゃありませんか。抜けた分のやり繰りだって必要なんです。機構の運用にも高位のものは必要ですからね」

「機構とはオリオン太郎たちの組織のことかね？」

「まぁ、秋津先生にもわかる言葉で表現すれば、機構であるとしか言えません。組織といえば組織ですけど、ほら、先生たちの理解する組織って偏《かたよ》ってるじゃないですか」

オリオン太郎はそう言って、それ以上は機構の説明はしない。秋津は漠然と社会のような意味と解釈する。

新聞か何かの記事で、日本海軍の存命中の海軍大将は予備役などを含めても、二〇人しかいないらしい。海軍より規模の大きな陸軍と合わせても、現役の陸海軍大将となれば、おそらく三、四〇名もいないだろう。

人口一億人に迫ろうかという日本でそうであれば、ずっと人口が少ないらしいオリオン太郎たちでは、大将相当の高官三名が死亡するというのはダメージはずっと大きいだろう。

ただオリオン太郎の所属する集団は、大将クラスの高官を必要とする程度には規模が大きなものであることは、ほぼ確認できた。潜水艦や大型機を製造できるからには、すでに地球には万単位の構成員が移動していると判断して良さそうだ。

「どうも僕らは地球の人間との接触方法を間違えていたらしい。なので修正することになりました」

「修正って何をするつもりだ？」

秋津は身構える。少し前まで「力を誇示して従わせる」とオリオン太郎は言っていた。

そして彼らは地球の人間の命をさほど尊重するつもりはないらしい。

そんな集団の方針転換となれば、多数の死傷者が生じる事態にもなりかねない。

「まさか師団単位の兵力を展開するとでも言うのか？」

オリオン太郎は、笑った。いままでの経験からすると、彼の笑いは「ＹＥＳ」を意味することが多い。ただそれも秋津の解釈でしかなかったが。じっさいこの時は違っていた。

「そんなことをしても無駄でしょう。地球には何百という数の師団がある。それと戦うなど無意味です」

「君らは平和主義というわけか」

「秋津先生の言う平和主義の意味はわかりませんが、僕らの命は大切ですからね。地球の軍隊との戦闘で失うわけにはいきませんよ。だから機械を使うんじゃないですか」

オリオン太郎たちは正面から武力行使する意図はないらしい。だがその理由が、「地球人との戦いで貴重な自分たちの命を失いたくないから」というのは、秋津も腹が立った。

「自分たちの命は大事だが、地球の人間の損害は何とも思わないのか？」

「うーん、地球の人たちの命は地球の人たち自身が考えるべきで、僕らが考えることじゃないと思いますよ。それに地球の人たちが自分たちの命を大事に思うなら、僕らと戦わなければいいじゃありませんか」

オリオン太郎の言い分は、正しいようでいて、何かがズレていた。

「そもそも君たちの目的はなんだ?」

それは秋津も何度となくオリオン太郎に問いかけ、沈黙でなければはぐらかされてきた質問だ。唯一の返答は、「いま説明しても理解していただけないでしょう」というものだった。

その質問をここでも試みたのは、いつもと反応が違う今日のオリオン太郎なら、何某かの収穫があると思ったからだ。

「当面の目的で言えば、僕を主権国家の代表として遇することですね。まぁ、実際には主権国家の代表ではないのだけど、地球の人にはそう言うほうが通じるようですからね。世界の列強で国民国家の概念は共通のようだから」

「オリオン太郎を大使として扱えということか? そもそも君たちの国名は?」

秋津は椅子に座り直す。浴衣で羊羹を食べながら、目の前の地球外人はついに本質的な要求を口にしたのだ。

「国名って必要ですか?」

「君を大使として扱うなら大使館も必要だし、大使館には国家主権も認めねばならない。ここは地球だ、地球の流儀にしたがってもらう」

オリオン太郎は静止する。正直、国名を尋ねることが、これほどオリオン太郎にとって難題とは予想もしていなかった。それはつまり先程の機構の件とあわせ、オリオン太郎の帰属する社会が、国民国家とはかけ離れた構造だということではないか？　秋津はそう解釈した。

「オリオン集団でどうでしょう？」

「オリオン集団？　オリオン国とかではなく？」

それに対するオリオン太郎の返答は、意外な視点のものだった。

「僕らが国になったら、世界が揺れるでしょう。民族自決主義からして、僕らが国を名乗ったら、少数民族や植民地世界の民族も独立を認めよと言いますよ。

僕らが欲しいのは、大使として扱われるという実《じつ》であって、国という看板じゃありません。会社や法人との違いを出すために、集団あたりが適当でしょう」

秋津はますますオリオン太郎たちがわからなくなる。彼らの地球に対する知識には凹凸がありすぎる。さらに、それをどう解釈すべきかわからないが、現時点での日本を含む列強の植民地保有にも肯定的であるようだ。

それは国際秩序の現状維持を意味するのか、もっと別の意図があるのかはわからないが、いずれにせよオリオン太郎は社会の急激な変化は望んでいないように見えた。

秋津にはこの事実はかなり重要だった。オリオン集団が地球の侵略などを意図しているなら、既存の社会秩序は解体しようとするはずで、現状維持は望むまい。

「わかっていると思うが、君が大使の権限を持っているとしても、私にはその権限はない。日本を代表して君と何かを約束することはできないぞ」

オリオン太郎から情報を得るのが秋津の役割であるが、こうした交渉を行う権限は極めて限定的だった。そもそも、オリオン太郎が海軍大将クラスの高官であるなどとは誰も考えてはいなかったのだ。

「もちろん僕は知ってますよ。秋津先生には決定権がないとしても、海軍や、場合によっては政府関係者に正確に説明する立場ではあるでしょう」

「それはわかった。しかし、君をオリオン集団の大使として認め、まぁ、必要なら大使館を用意するとして、日本にどんなメリットがあるんだ？　あの爆撃機の製造技術か？」

「その程度のことで僕を大使とは認めてくれないでしょう。人造石油技術も出せますけど、結果を出すのに時間がかかりますしね」

そう言うとオリオン太郎は、浴衣の裾から何かを取り出し、秋津に投げて寄越した。辛うじて秋津はそれを落とさずに受け止めた。掌の中に金属板のようなものがある。

恐る恐る手を開くと、そこにあったのは小判だった。ご丁寧にオリオン小判と刻印してある。

「何だこれは！」

「小判ですよ」

「小判はわかるよ。こんなものをどこで手に入れた？」

「追浜に着陸した時から、ずっと持ってましたよ。海軍の皆さんの身体検査の手落ちです。わかりやすく言えば、手品ですね、いわゆる。

地球のみなさんは現物がないと信用しない人も多いので、サンプルで持参したものです。宇宙には大量の金がある。オリオン集団はそれを持っている。そしてそれを、僕は日本政府なり海軍なりに提供できる。調べていただければわかりますが、これは純金ですよ」

秋津が最近わかってきたことは、オリオン太郎は妙に細かい日本社会の情報を出すことで、自分たちが日本（あるいは地球）を理解していると誇示しようとすることだ。

今回もそうした意図によるものだろう。単に金塊の存在を教えるだけなら、小判という形状にする必要はないのだ。

そして小判を手に取りながら、秋津は考える。地球外人とて経済活動はするだろうから、貨幣くらい使っていても不思議はない。さすがに小判ではないだろうが、重要なのは貨幣という概念の有無だ。貨幣の形状は、概念の具現化に過ぎない。

だがそうだとしても、大使として扱えば見返りに金塊を与えるというのは、つまりは大使の資格を金で買うに等しい。そんな法外な話が政府筋に届くだろうか？

「どうして金塊なんだ？」

秋津の意図は、なぜ大使の資格を金で買うような真似をするのか？　だったが、オリオン太郎は別に解釈していた。

「どうしてって、僕らがドルやポンド紙幣を印刷したら、偽札作りになるじゃないですか。地球の人と合理的な交流をしようというのに、犯罪行為は良くないでしょう」

「そ、それはそうだな」

ブレーントラストのメンバーには経済学の専門家もいたが、秋津を含めて誰もが四発陸攻の技術にばかり目を向けていた。だが確かに彼らの高度な機械工作技術を以《もっ》てすれば、偽ドルの量産など造作もないことだろう。

それどころか偽円だって刷れるのだ。つまりオリオン集団は高性能爆撃機や潜水艦などを用いずとも、一国の経済を大混乱させる手段をすでに有しているのだ。

「とりあえず一〇トンくらいの金塊はすぐに動かせます。海外の横浜正金銀行の支店に運ぶのが順当でしょうか。むろん日本に運ぶこともやぶさかではありませんが。

もちろん必要と言うならば、一〇〇トンでも二〇〇トンでも対応可能ですよ」

金塊一〇トンと言えば、巡洋艦一隻が建造できる。一〇〇トン単位の金塊なら国家予算を左右できる価値だ。大使の地位を金で買うという話も、この水準となれば、政府が動く価値がある。

「なぜ海外の横浜正銀なんだ？」

秋津は確認する。相手は地球の人間ではない。どこにどんな誤解があるとも限らない。

「今の日本の生活水準は少し前と比較しても、確実に低下していますね。食事一つとっても、食堂では白米は禁止で、芋と混ぜて出されるようになりました。主食の白米さえ、いまは贅沢なわけです」

秋津は海軍の仕事をしてホテル住まいだったので、米と芋の食事などしていなかったが、大学と海軍経由で届けられる妻の手紙によれば、市井の暮らしは窮屈らしい。

妻の実家は資産家なので、そうでもないが、昨年の西日本から朝鮮半島における凶作のため、白米の入手も難しいらしい。じっさい武園も、この秋にも政府が農家の米をすべて買い上げ、国民に配給する準備が進められていると言っていた。

だからオリオン太郎の話は理解できたが、問題はこのオリオン屋敷に軟禁状態の彼が、どうしてそんな情報を知っているかだ。

オリオン太郎が外部の仲間と以心伝心で連絡がつくことはわかっている。つまり日本の市井の情勢を調査しているオリオン集団の構成員が、この日本社会に紛れているということだ。

ただ、オリオン太郎はこれまでこうした問題については沈黙するか、答えをはぐらかすばかりだった。それが今日はここまで明らかにすることの方が、秋津をどうにも落ち着かなくさせた。

「秋津先生は、どうしてこんなことが起きたと思いますか？」

「それは日華事変のせいだろう。戦争のためにすべてが動員されているんだ」

それに対してオリオン太郎は、いままで見せたことのないような笑顔になった。

いままで彼が見せてきた笑顔が肯定的意味あいであるとすれば、これは否定的な意味あいだろうか？

「戦争の影響は否定しませんが、僕らの分析によると、本質的な問題は別にあります。日本の外貨準備の払底です。第一次世界大戦で戦禍を免れた日本は、多額の外貨準備を蓄えた。

でも、国内経済の拡大で輸入超過となり、そうした外貨準備は急激に失われていた。生憎《あいにく》と日本には輸出して外貨を稼げる産業が少ない。繊維業が外貨獲得の主要産業ですが、世界恐慌もあり為替を円安に誘導して輸出を増やそうとした。言葉を変えれば、円安誘導しなければ売れないのが現実です。

こうしてダンピングすれば輸出は増えます。しかし、それにより獲得できる外貨は少ない。その円安環境で軍需品の輸入を拡大したので外貨はますます流出する」

こいつは何者だろう、秋津は思う。経済の専門家ではないが、新聞程度は読んでいる。断片的には秋津も幾つもの事例は知っていたが、こうした形で経済を整理して理解したことはなかった。

あの四発陸攻は確かに驚くべき技術だが、十分手が届く技術であり、そこまでの脅威は秋津は感じていなかった。

しかし、自分たちのことをここまで調査している能力には戦慄さえ覚える。オリオン集団とはいつから地球に来ているのか？

「日華事変の前から、外貨備蓄の問題を日本は抱えていた。つまり根本は日本の経済構造そのものが内包しているんです。ですからこうした状況を打開すべく、経済の統制化が議論されてきました。しかし、有効な政策が打てない中で日華事変が起きました。

戦線の拡大に伴い軍需生産の増強が行われる。しかし、日本は多くの資源を輸入しなければならない。限られた外貨準備の中で、軍需生産に必要な資源を輸入するとなれば、圧迫されるのは民生部門です」

「民生部門に必要な輸入ができないから、我々の生活水準が落ちると言うのか？」

「基本はね。現実はもっと厄介です。輸出産業である繊維業のために海外から輸入する素材がありますが、それは軍需産業とは別ですから、輸入は制限される。

ところがその結果、輸出すべき製品が製造できず、外貨が稼げない。外貨節約の結果が外貨獲得手段の停止という悲喜劇です。

そこで僕らの金塊です。これをドルなりポンドなりに交換し、その外貨で軍需品も民生品も大量に購入できるわけですよ。

僕を大使にして、ここを大使館とするだけで、日本の抱える経済問題は解決です」

秋津にはこの話を受けるかどうかを決定する権限はない。しかし、彼の理解する範囲では、この金塊による外貨の獲得という話は魅力的に思えた。

「僕としては横浜正銀の支店に運んで、外貨に替えて決済に当てるのをお勧めしますね」

「どうしてだ？　決済に使うなら金塊がどこにあっても同じだろう。金取引と言っても帳簿上の数字の話のはずだが？」

オリオン太郎は、肯定を意味する笑顔を見せる。

「まぁ、そうなんですけどね。ヨーロッパはあんな具合ですから、アメリカも日本への締め付けを強めると思いますよ。すでに日米通商航海条約は失効してますしね。為替や決済手段に介入する可能性があります。

だとすれば銀行支店がドルやポンドの形で現金を確保し、それで決済処理するのが一番安全です。現金でも売らないなんてことは、アメリカやイギリスも簡単にはできないでしょう」

それはもっともな話ではあったが、秋津は別のことに気がついていた。

「オリオン集団は日本だけでなく、アメリカにもスパイを送っているのか？」

「これは驚きましたね。秋津先生はいままで本当にその可能性を考えていなかったんですか？

高木さんや武園さんでさえ、僕の仲間がスパイとして活動している可能性を疑っていたのに。スパイでもいなければ、爆撃機のエンジンに誉という刻印を打てないじゃないですか」

「武園が……」

驚く秋津を、オリオン太郎がそっと手を握って慰める。少なくとも秋津は自分が慰められていると思った。

「武園さんだって、先生を騙すとか、裏切るとかは考えていませんよ。ただ海軍軍人としての仕事を最優先しているというだけです。悪気はありませんよ」

「そんなことがなぜわかる！」

「僕らの中には皆さんが思っている通り、優秀なスパイがいますから。武園さんには内緒ですよ。まぁ、簡単には見つけられないと思いますけどね」

　オリオン太郎はサラッと言ってのける。

「もしも、イギリス、ドイツ、ソ連に送った飛行機が破壊されることもなく、乗員も射殺されないまま、オリオン太郎と同格の高官たちがそれらの政府と接触したら、やはり金塊を渡そうとしたのか？」

　それに対してオリオン太郎は、一瞬だけ硬直した。

「それは状況次第ですね。僕らの思惑だけでは決まりませんしね」

　オリオン太郎にしては、歯切れの悪い返答だった。そして彼にしては珍しく警告めいたことを口にした。

「秋津先生、日本はいま、この世界情勢の中で非常に有利な立場にいるのがおわかりですか？　オリオン集団の代表とこうして接触しているのは、列強の中で日本だけです。僕と同格の者はそう簡単には都合がつきませんからね」

「しかし、そうなれば、日本はそれだけオリオン集団に依存することになるのではないのか？」

　秋津は政治学に造詣が深いわけではなかったが、流石にこの程度の理屈はわかる。そしてオリオン太郎もそのことは理解していた。彼は羊羹を摘みながら、言い放つ。

「他の列強が我々と結べば、国際社会で日本の発言力はなくなりますよ。チャンスを与えたのにそれを活かせなかったことを、僕らは決して忘れませんから。

僕も皆さんと良好な関係を築くために努力しますよ。働きかけもします。でも、それでも理解してもらえねば、アメリカや中国にあの飛行機を飛ばすことになりますよ」

秋津はオリオン屋敷を後にすると、自分にあてがわれた家に戻り、いままでの会見の内容から書類を作成した。可能な限り議事録のように内容をしたため、オリオン太郎の発言が誤解を招かないように心がけて。相手が地球の人間ではない以上、その言葉は可能な限り正確に再現されるべきと考えるからだ。

その日のうちに書類を書き上げ、武園に電話で報告すると、深夜にもかかわらず彼は東京からやってきた。

そして書類を受け取り、内容を確認すると、夜明け近くに再び東京へと戻っていった。

武園はオリオン太郎が言っていたように、日本社会にスパイが派遣されているという事実にさほど驚いてはいなかった。この件については、彼は彼で情報を握っているらしい。

一方で、オリオン太郎が大使館を要求していることには、かなり難色を示していた。

「大使館がそれほど問題か？」

秋津に対して武園は答える。

「そのオリオン集団というものの正体が不明なのに、主権国家と同等の権限を与えるというのは、法的にも問題がある。

オリオン太郎が求めているのが、文字通りの大使館ならまだいい。しかし、カピチュレーション、つまり外国人に恩恵的な特権を認めさせることだとすれば、話は厄介だ。

大使館内を中心に特権を拡大することで、一国を支配することも可能だ。植民地化されたアジア、アフリカの歴史を見てもわかる。欧米諸国のアジアやアフリカでの植民地獲得の多くが、そうした地域に生活拠点を築いた欧米の人間に、現地の土豪やスルタンが与えた特権の拡大の結果だ。だから、それら植民地には、いまも土豪やスルタンが残っているわけだ。

秋津は前に、宇宙を移動するのに何百年もかかると言ったことがあったな。もしも一〇〇〇年寿命があるような連中なら、特権を蚕食《さんしょく》し、一〇〇年かけて日本を支配することだってあり得る」

オリオン太郎たちが世界を侵略しようとしているのではないかという話は、ブレーントラストでも何度か言われたことはある。

だが彼らの技術はともかく、圧倒的に過少な兵力から、まともに議論されたことはなかった。それは、秋津が問われるままに宇宙における距離の隔たりを説明してから顕著だった。移動に一〇〇年、二〇〇年かかるような距離で兵站線は維持できないし、それでは大部隊は動かせないという軍事常識からだ。

だが武園はブレーントラストの中でも、この問題に独特の視点を持っているようだった。

「兵站が難しいから軍事侵攻はないというのが、ブレーントラストの理解じゃなかったのか？」

「一〇〇年かけて特権を拡大してゆけば、兵力を展開できるだけの基盤を構築できるだろ。そうなれば兵站は現地調達で賄《まかな》える」

武園がどこまで本気でそんなことを言っているのか、秋津にもわからなかった。

それに地球を手に入れるのに一〇〇年かけるという話も、秋津には現実的とは思えない。何のために侵略するのか？という本質的問題だ。

単に資源が欲しいなら月や火星にでも行けばいい。何も地球で調達する必要はないのだ。エネルギーだって、宇宙なら太陽輻射が好きなだけ活用できる。

水や有機物にしても、彗星から必要なだけ調達できるだろう。それらなら一〇〇年かけなくても、いますぐ手に入るのだ。

秋津はそのことを武園に説いてみる。

「欧米の植民地に限らん、日本にとっての満蒙も、食糧や鉄石炭の確保のためじゃないか。我々は宇宙に出られないから地球で資源を争っている。しかし、宇宙で活動できるなら、資源の頸木《くびき》から免れる。

だから一〇〇年、二〇〇年かけて地球を植民地にするメリットが、オリオン集団にあるとは思えないんだよ」

武園にとって、秋津のそうした分析は意外であるとともに、軍人である自分の仮説に、素人が反論困難な事実を指摘したことが気に入らなかったらしい。彼は不快な表情で反論する。

「すべての植民地化が資源目当てとは限らん。日清、日露戦争のように、中国、ロシアのような大国と日本との間に緩衝地帯を設けるための植民地化もあるだろう」

「オリオン集団に関してそれはないだろう」

秋津が反論を続けることに、武園は明らかに苛立っていた。

「軍事の素人のお前が、どうしてそう自信を持って言えるのだ?」

「宇宙での戦争は兵站が難しいから起きないとブレーントラストで話していたのは、高木さんやお前じゃないか。

オリオン太郎も自分たちの基地が宇宙に複数存在することは認めていたが、それだけの基地が必要なほど兵站は難しいということだろう。緩衝地帯のために一〇〇年かけて地球を侵略する必要はないんじゃないか」

「オリオン太郎の意図を日本人同士が議論しても始まらん。大事なのは、奴の要求には国家の安全を脅かす要素があるということだ」

武園はそう言い切ると、議論は終わったとばかりに、東京に向かったのだ。

そしてオリオン太郎の要求に対する返答は、翌日になっても、その翌日になっても、秋津には何の連絡もなかった。

その日は生憎の雨であった。そうして七月二二日を迎えた。前線の影響で東北は大雨で洪水被害も出ていると言われていたが、首都圏は雨天ではあったがピークは過ぎていた。

オリオン屋敷ではオリオン太郎が茶の間で椅子にかけながら、相変わらず羊羹を食べている。身の回りの世話をしている人間によれば、生野菜のサラダも食べているらしいが、主食は羊羹と言っていいような塩梅《あんばい》らしい。

「秋津先生がいらしたということは、日本政府は僕の要求を認めるつもりはないんですね」

「いや、まだ三日しか経過していないじゃないか」

秋津はそう言ってみるものの、武園の態度からも、大使館を設置するというオリオン太郎の要求が通るのは難しいだろうと思っていた。

「僕だって大使館が三日でできるとは思ってませんよ。でも、検討されているなら、秋津先生以外の政府関係者がここに来てもおかしくないでしょう。それがないのは政治課題として検討されていないからでしょう」

オリオン太郎にとっては不本意な状況のはずであったが、態度は落ち着いているように見えた。

「驚いていないのか？」

「皆さんが合理的な判断をしないことは僕らも織り込み済みです。いいんですよ、こうしたことがモデル修正のデータになりますから」

秋津には、オリオン太郎の言ってることが不気味だった。理論モデルをたて、実験なり観測を行い、その結果によりモデルを修正する。科学では当たり前の方法論だ。

だが、オリオン太郎の発言を素直に解釈すれば、彼らは地球人類についてモデルを構築し、それを今回の事例のようなことで修正していると解釈できる。

つまり彼らは人間を、数値モデルに還元できる存在であると考えていることになる。

科学のモデルでは、複雑な事象を単純化し、「これこれの物体が、しかじかの運動を行ったときどうなるか？」という命題が検討されることがよくある。

そうした命題では「ただし、物体は球として扱う」とか「物体は点であるとする」との但し書きがつく。実世界では複雑な形状を持つ物体を、そうして単純化し、数値モデルを構築するためだ。

同じようにオリオン太郎が、人間社会を何らかの方法で数値モデル化しているとすれば、そこでの人間は「球体」か「点」という抽象的な存在として扱われ、人として認める視点はないのかもしれない。

「まぁ、新しいアクションに対して、皆さんがどう反応するか。それで大きな修正は終わるでしょう」

「何をするつもりなんだ？」

それに対してオリオン太郎は、ただこう言うだけだった。

「犠牲者は出ませんよ、安心してください」

昭和一五年七月二二日の時点で日本の防空体制は、未着手に等しかった。大正一二年に陸海軍の「任務分担協定」により、日本本土の防空については、陸軍が重要都市を、海軍が軍港を担当することになっていたが、言い換えれば、決まっていたのはそこまでだった。

極端な話、横須賀の軍港が攻撃されたら海軍が動くが、横須賀市街が攻撃されたら陸軍が動くという具合である。だから横須賀軍港から市街にかけて敵軍が爆撃を試みたとして、陸海軍の両方が動くものの、両者の連携もなければ、指揮系統の協力も何一つ決まっていなかった。

もっとも当時の常識として、日本本土が空から攻撃される可能性はほとんど考えられず、結果として本土防空のために整備された機構は存在しないに等しかった。

後の証言によると、その爆撃機部隊は太平洋を北上し、神奈川県側から入って東京に進出したという。もっとも早くにそれらを目撃したのは、伊豆半島沖合で操業していた漁船であり、午前一一時半頃であったという。

その漁船によれば、海軍機のマークをつけた大型機が計六機、先頭機が一機、次に二機、殿《しんがり》が三機というようにピラミッド状の配置で飛行していたという。

その漁船の船長は、甥が海軍航空隊に入隊しており、海軍航空に興味があったので、特に覚えていたという。

ただ彼は、甥から聞いていた海軍機の編隊の組み方と違っていたことで、違和感は覚えたという。それが彼がこの編隊を記憶している理由だった。

この六機の飛行機は、そのまま北上を続け、東京上空に到達した。横須賀から横浜を経由し、霞ヶ関の官庁街に到達して、横須賀軍港の海軍軍人も含め多数の目撃者がいたにもかかわらず、陸軍はもとより海軍からも迎撃機は一機も出なかった。

理由は航空機の監視体制ができておらず、そもそも誰がどう防空監視を行うのか、指揮系統も情報伝達もできていないことが最大の理由であった。先の伊豆半島沖の漁船にしても、このことを誰に報告すべきかわからず、陸軍に報告があったのは、漁協を通じてのことだったという。

もちろん横須賀の航空隊関係者の中には「四発陸攻など海軍は保有しておらず、おかしいとは思った」と証言するものもいた。しかし、オリオン太郎のことが最高機密になっている状況で、この六機の爆撃機とオリオン太郎のことを結びつける人間がいなかったのは、不思議でも何でもなかった。

こうして霞ヶ関に正午ごろに到達した六機の四発陸攻は、爆弾倉を開くと一斉に伝単つまりは宣伝ビラを投下した。

『この紙片が爆弾や毒ガスでなかったことを感謝したまえ。
我々のことが知りたければ、海軍の高木惣吉に尋ねるがいい。
オリオン集団』

この伝単は、爆弾ではなかったが、米内内閣には爆弾のごとき影響力を及ぼした。

政治的には先日の倒閣騒ぎの影響で、陸軍側からは倒閣運動は起きなかった。

政治問題化しなかった最大の理由は、伝単の一部が皇居に落下し、皇族の目に触れたことであった。これが伝単が指摘するように本物の爆弾や毒ガスであったなら、皇居が空襲されたとして、大事件となっていたのは間違いない。

東京の防空には陸軍が責任を負うことになるから、陸軍としてはこの国籍不明機がばら撒いた伝単については、可能な限り穏便に済ませたかったのである。

したがって陸軍は、この事件を米内内閣の攻撃材料に使うわけには行かなかった。この件で米内内閣を攻撃したならば、皇居の失態への責任を問われるのは陸軍だからだ。このため政治情勢は表面的には静かだった。

こうして伝単問題については、「国民の防空意識を高めるため」の陸海軍協力の啓蒙活動で押し切られた。

国籍不明機の帝都侵入問題は、伝単問題に矮小化され、数日で話題にもされなくなった。

ただ、それですべてが終わったわけではなかった。陸軍は海軍に対して「なぜ、伝単に高木惣吉の名前があったのか？」を問題とした。

実を言えば陸軍省や参謀本部も、海軍省臨時調査部の動きには関心を持っていた。米内総理の頭脳としてブレーントラストが存在することも彼らは把握していた。

さすがにオリオン太郎の存在は知らなかったが、今までとは違った活動をしていることを、陸軍は見逃さなかった。

そこで陸軍強硬派は、直接の倒閣運動は避けたものの、ブレーントラストを解散させ、米内首相の力を削ごうと考えた。

しかし、この動きに真っ先に動いたのは、高木惣吉本人だった。彼の提案で、「陛下に無用の心痛を与えたことの責任により」高木は海軍省の閑職に異動となった。

さらにブレーントラストはやはり解体となった。陸軍強硬派としては、この解体で一応の目的は達せられた。

だが高木はブレーントラストの人脈を使い、密かに陸軍穏健派との接触を持っていた。オリオン太郎の問題をはじめ、国策についての研究を海軍だけで独占することに限界を覚えたためだ。

これにより内閣書記官長石渡荘太郎《いしわたりそうたろう》が主宰する形で時局研究会が発足する。スタッフはほぼブレーントラストのメンバーで、これに陸軍側のメンバーが加わる形だ。

そして秋津は海軍側の庸人という身分で、時局研究会のメンバーとしてオリオン太郎との仲介役を続けることとなった。

こうした騒動の中で、昭和一五年七月は終わった。

8章　装甲列車

シベリア鉄道のオトポール駅と満鉄の満洲里《まんちゆり》駅は、距離にすれば一〇キロ程度、列車の移動時間も二〇分程度しか離れていないが、実際の移動には時に半日以上かかる。理由はここが、シベリア鉄道のソ連側最後の駅であるからだ。

税関検査はモスクワ駅だけでなく、このオトポールでも行われ、モスクワほどではないものの、封印の確認等は厳重に行われた。

オトポール駅から満洲里駅に移動すると、時計の時間も六時間進めなければならない。オトポールは国境の駅だが、ソ連領内では鉄道はすべてモスクワ時間で動くためだ。

この駅の間で異なるのは時間だけではない。鉄道ゲージも違っている。この違いは、日露戦争を含む歴史的経緯から発しており、シベリア鉄道は広軌であり、満鉄は標準軌である。

満鉄が広軌を採用しないのは、シベリア鉄道によるロシアのアジア進出を阻止するという意図による。満州から鉄道ゲージが異なれば、ロシア（ソ連）の鉄道がそのまま満洲を席巻するようなことはできなくなるためだ。

このためロシアのアジア進出を警戒するイギリスが、満鉄の建設に資金提供することも行われている。鉄道ゲージ一つとっても複数の国家の思惑が絡んでくるのだ。

そんなことを、台車交換の待ち時間を駅の内部にある食堂で潰している猪狩周一は思っていた。それには相応の理由がある。

今日は八月一日、満洲には今日中に到達できるが、ここまでの旅程も簡単ではなかった。

カナリスとの会見は七月一七日から一八日にかけてであった。それからすぐに帰国しようとしたものの、本国からの了解が届き、平出にも連絡をとり、帰国準備を整えるには相応の日数がかかった。

平出によると、ダンケルクからイギリスに渡った桑原茂一は、白山丸の次にヨーロッパにやってきた邦人引き揚げ船の榛名丸により、リバプールからドイツ占領下のフランスに上陸したらしい。とりあえず猪狩が抜けた穴は何とか埋められることとなった。

こうしてベルリンのツォー駅を出発したのが七月二二日。モスクワには二三日に到着した。手配した一等寝台は確保できていたが、税関の検査は厳格だった。新聞、雑誌は全て封印され、ソ連領内では写真撮影はもちろん、いかなる記録を取ることも禁止と通告された。このためスケッチブックも封印となった。

旅程では明日には満洲里からハルピンに向かい、四日には特急あじあ号により新京へ移動。さらに新京から大連に向かい、そこから五日には飛行機で東京に戻ることとなっていた。

ここまでが一人だけだったなら、猪狩も日本国内の思惑ということを深く考えることもなかっただろう。考えざるをえなくなったのは、モスクワからだ。

二人用の一等寝台を一人で借り切ったはずの猪狩だったが、なぜかモスクワで一人の日本人が乗ってきた。

猪狩が確認すると、鉄道の担当者からは、猪狩は寝台を借り切ったわけではなく、乗客が二人部屋に一人しかいなかっただけで、後からあいていた寝台切符を購入した人間がいたのだと説明された。

同室の日本人は猪狩よりは若い男で、背広姿ではあったが、見るからに軍人とわかった。

「はじめまして、入江《いりえ》信夫《のぶお》陸軍少佐と言います」

異国で日本人同士ということで、猪狩は久々に日本人との会話を楽しんだ。

　入江信夫少佐は、二年前まで関東軍のハイラル要塞に勤務してから、日本に戻って参謀本部勤務となり、さらに研究のためにソ連に短期留学していたが、帰国するよう命じられたのだという。

　入江は気さくな人物であったが、猪狩は翌日、列車がスヴェルドロフスクを通過する頃には、この陸軍将校がただものではないことがわかってきた。

　それは職業的な勘であるが、カナリスや自分と同種の人間であるという印象を持った。

　猪狩がそう考えたのには、根拠がある。それは状況の不自然さであった。

　きっかけはドイツを移動中に届いた電報だった。東京に六機の国籍不明機が現れたのだという。どうやらシャルンホルストやグローリアスを撃沈した例の高性能機と同類であるらしい。

　それはかなりの大事件のはずだが、猪狩に知らされた情報はそこまでだった。続報が届いたのはソ連入国直前であった。

　電報には続報とあったが、国籍不明機については何も触れられず、高木課長が更迭《こうてつ》という背景も何もわからないものだった。電報では詳細を明かせないらしいことだけは推測がついた。

　国籍不明機と高木の更迭との関係については何らかの秘密があることを予想させると同

時に、説明できるほど情報が整理されていない現場の混乱ぶりも考えられた。

このタイミングでモスクワから入江少佐が同乗してきたのだ。偶然と言うには不自然すぎる。日本まで戻る人間など少なく、他の寝台が空いているのに、入江は猪狩と同じ寝台になった。

「ソ連側も、日本人だけを集めて監視しやすくしたんでしょう」

それが入江の仮説だが、商社社員の猪狩と現役軍人の入江では、どちらが監視対象になるかは言うまでもない。

それに入江は話好きのようでいて、猪狩の話ばかりを聞きたがり、自分の話はあまりしなかった。

入江が特に知りたがったのは、ブレスト沖海戦の空母、戦艦の撃沈の話と、ベルリン近郊の航空基地で起きた四発爆撃機の着陸事件についてである。

ブレスト沖海戦についてはまだしも、飛行場の一件は厳重な箝口令《かんこうれい》が敷かれている。外国の訪問団の前で爆撃機が戦闘機隊を全滅させ、強行着陸の末に乗員二名が射殺されたわけで、ドイツ政府としても公開できる内容ではなかった。

一応、日本からの訪問団に対しては、「反ヒトラー分子が、爆撃機を奪いベルリン空襲を計画したが、戦闘機隊と空港守備隊の働きで陰謀は阻止された。ただ事件の性質上、本件については口外無用でお願いしたい」との説明と要望がなされていた。

もちろんドイツのメディアには箝口令は効力はあるのだろうが、日本の訪問団に対しては紳士協定以上の効力はない。現場には日本陸軍の人間も複数いたから、彼らが参謀本部なり陸軍省に報告したことは十分に予想できる。

だからモスクワの入江少佐が、上からの命令で調査にあたるというのはわかる。

しかし、彼がベルリンに向かうのではなく、同じ列車で日本に戻るというのは、猪狩から見て面白い話ではない。

すべてが猪狩の思い過ごし、被害妄想の類《たぐい》とは思わない。ドイツの新聞やラジオなどの公式メディアでは、飛行場の一件は公表されていない。だから入江がその事実を知るルートは限られている。

ブレスト沖海戦についても、イギリスやドイツの公式情報は空母と戦艦が差し違えたという点では一致しており、白山丸の乗員と英独海軍当局者しか真相は知らないはずだ。

入江もブレスト沖海戦についての質問は、かなり遠回しで慎重であったが、それでも白山丸と猪狩がその場にいたはずという情報を握っていなければ、そもそも尋ねることさえないはずだった。

オトポール駅では鉄道ゲージの違いから、台車交換という作業が必要となる。オトポール・モスクワ間の鉄道は週二便しかないため、こんな手間のかかる作業ができるのだろう。数時間の作業の間、入江は電報を送るとかで猪狩とは別行動をとっていた。国境の駅であり、電報一つ打つにも面倒な手続きが必要らしい。

それに日本陸軍の将校としては、仮想敵国の国境の駅を入念に観察するのは本能みたいなものかも知れない。

「日本はいい天気のようですね」

台車交換が終わり、駅の食堂から一等寝台に向かっていた猪狩に、いつ現れたのか、入江が後ろから声をかけてきた。

「電報は終わったのかね？」

「えぇ、終わりました」

こうして二人は自分たちの一等寝台に乗り込む。周囲に車掌などがいないことを確認すると、入江少佐が声を潜めて話しかける。

「ちょっと電報を確認したのですが、どうも東京で何かあったようですね」

「何かって？」

猪狩は、来たかと思った。国境を越えた満洲里から先は満鉄の領域だ。ソ連領内では猪狩も入江も逃げられないが、満洲里を越えたら、帰国するためのルートはいろいろある。

猪狩は鞄の中に特急あじあ号の指定席や乗車券の書類一式を持ってはいるが、入江とは別のルートで帰国しようと考えていた。

入江少佐もそれは予測していたのか、満洲里に入る前に本題に入ろうとしているのではないか。それが猪狩の予測だ。

「自分もはっきりとはわからないのですが、六機の国籍不明の大型機が帝都上空を飛行し、高木惣吉を糾弾するビラを撒き、それが問題となったそうです」

高木課長の更迭は聞いていたが、国籍不明機がビラを撒いたためとは知らなかった。それは追浜に着陸した四発陸攻や、猪狩の目の前で射殺されたドイツの四発爆撃機の乗員の仲間だろう。

今までイギリス、ドイツ、日本、それに未確認ながらソ連の、四ヶ所に同様の爆撃機が現れていたらしい。それが今回は東京だけに六機現れた。彼らの側が動き出そうとしているということだろう。

しかし猪狩は、ビラの中に高木惣吉調査課課長の名前が書かれていたことこそ重要だと感じていた。こちらは相手の正体をつかめていない――地球の外からやってきたという話も聞いてはいるが、そんなアメリカのパルプマガジンのようなことが現実にあるとは思えない――のに、あちらは海軍省調査課課長の名前まで知っているというのは由々《ゆゆ》しき事態としか思えない。彼らはどれだけ日本の秘密を知っているのか？　という話になるからだ。

「政治問題が起きているのですか？」

猪狩は何も知らない顔で入江に尋ねてみる。

「いや、自分もよくはわかりませんが、政変にはなっていないようです。内閣も大臣も変わりませんからね」

猪狩はそこで攻めに出る。

「高木って人がどこの何者かは存じませんが、陸軍から相当の恨みを買ったんでしょうな」

入江少佐の表情に、一瞬、厳しいものが走った。猪狩は自分の攻めの方向性の正しさを確認すると同時に、入江少佐は情報戦では素人と判断した。

謀略関係に従事する人間なら、感情を簡単に表に出すのは命取りだ。つまり入江少佐が猪狩を監視するために派遣されたとしても、熟達した専門家を用意する時間的余裕がないため、たまたまモスクワにいた入江に命令が下ったということだろう。

となれば、入江に命令を下した何者かは、この数日の間にすべてを手配せざるを得なかった。それはおそらく国籍不明機の帝都侵入と無関係ではあるまい。

「どうして陸軍の恨みを買ったと？」

「いやしくも陛下の御座《おわ》します帝都上空に、本当に外国機が侵入するようなことを帝国陸軍が許すはずがない。帝都の空は、我が陸軍が鉄壁の守りを固めている以上、異国の爆撃機であるはずがない。違いますかな？」

「いや、まぁ、確かに帝都の守りは陸軍に責任があるが……」

入江少佐は、こんな反応は予想していなかったのか、明らかに動揺している。やはり、素人だ。

「で、あるならば、やってきた国籍不明機と言われる飛行機は陸軍機に他なりません。国籍がわからないというのは、日本軍機の可能性も否定しないわけだ」

「いや、日本軍機と決めつけるのは……」

猪狩は入江の反応から、彼もまた十分な情報は与えられていないと判断した。あるいは確かな情報を得るために、猪狩に接近したのか？

「日本陸軍機ですよ。そうでなければ陸相が、この失態に陛下の前で腹を切らねばならなくなる。しかし、誰も処分されていないなら、陸軍機に他ならない。その陸軍機が、名指しでビラを撒くのですから、高木という人は陸軍に恨まれている。そういうことになりませんか。

例えばその高木さんが海軍の人なら、陸軍とは仲が悪いから話の筋は通る。国籍不明機というのは、陸軍としては自分たちの飛行機と認めないという程度の話では？」

猪狩のまくしたてるような論理展開に、入江少佐も反論の根拠を考えようとしているが、うまくいかないようだ。口を半開きにして固まっている。

「まぁ、私の予想通りなら、確かにこんなものが政治問題にはなりませんな」

それからしばらくは入江が話題を切り替え、世間話になる。列車は無事に満洲里に到着し、そのまま東に向かう。

猪狩は当初、ハイラルで列車を降りるつもりだったが、むしろ入江から情報を得ることを考えた。この脇の甘い将校からは、陸軍側の動きについて情報が得られそうだ。

入江少佐の前では、口から出まかせで思いつくままのことを述べたのだが、陸軍機が国籍不明機の正体という自分の思いつきは、案外当たっているのではないかと猪狩は考えていた。

つまり陸軍強硬派を抑えるブレーントラストの主宰者である高木惣吉を追い落とすための工作が、この六機の爆撃機ではなかったか？

そうしたことを考えている間にも列車は進んだ。ハイラルを過ぎ、南北に走る斉克《せいこく》鉄路と東西を結ぶ東清《とうしん》鉄道の交差する手前で異変は起きた。

猪狩らを乗せていた列車が急に停止する。

「何事だ？」

猪狩は身構える。満鉄はダイヤ通りの運行を心がけてはいたが、民族主義者のグループなどから何度となく攻撃を受けていた。関東軍の存在理由は、そもそもは満鉄の安全確保を根拠にしていることからも、これは無視できない動きであった。

そして満鉄の路線が拡大するに従い、専門の警備部隊も拡充されていた。

猪狩が列車の急停止で思ったのは、そうした満鉄に対するゲリラ攻撃が行われたというものだった。

だが、入江少佐は落ち着いたものだ。ハイラル勤務の経験で、この程度の騒ぎは日常茶飯事だとでもいうのだろうか。

「馬賊ですかね」

入江は言う。

「線路のペーシーや犬釘を抜いて列車を転覆させてから、集団で襲ってくるんです。もっとも今は先駆列車を走らせて、妨害に備えていますがね」

「関東軍が守っているのだろ？」

「もちろんです。それでも破壊する容易さに比べれば、安全確保の手間は段違いですよ。根っこに民族主義がありますからね。五年や一〇年では終わらないでしょう。独立など無駄なのだと悟るのに、まぁ、一世代はかかりますかね」

猪狩は一等車両の窓を開けるが、何者かが停止した列車を襲撃するような様子はない。機関車も止まったため、銃声どころか風音も聞こえない。

ただ、前の方から日本兵が三人、貨車に沿って歩いてくる。下士官一名に歩兵が二名というところか。歩兵は小銃を持っているが、下士官は手ぶらに見える。あるいは拳銃くらいは持っているのか。

最初は車両点検をしているのかと思った。だが彼らは台車やレールを確認することなく、まっすぐに猪狩たちの客車の方にやってくる。そしてそのまま寝台車に入ってきた。

「入江信夫少佐はどこだ！」

下士官は名前を呼ぶというより、怒鳴るように入江少佐を連呼する。

「自分はここだ！」

入江がコンパートメントのドアを開け、下士官に応じる。

「満鉄警護総隊ハイラル分署の滝沢です。自分と同行願います」

滝沢は丁重ではあったが、有無を言わせない厳格さも感じられた。入江は荷物をまとめる許可を得ると、それほど多くない私物を鞄に詰める。

「同行の方ですか？」

滝沢が猪狩に尋ねると、入江が先に「その人は関係ない！」と訴える。しかし、滝沢は「貴殿も同行願う」と告げる。

「匪賊《ひぞく》関係の調査です。無関係とわかりましたら、ハルピンまで送ります」

匪賊関係の調査というのが何を意味するかわからないが、満鉄に対するゲリラ攻撃と入江少佐が関わっているというのも理解し難い。そもそも滝沢らはどこから現れたのか？

その解答は、一等寝台から外に降ろされるとすぐにわかった。

機関車の前方に、装甲列車の姿があった。装甲列車も多種多様で、本格的なものは大砲も装備し、一〇両近い編成になるらしい。

しかし猪狩が見たものは、三両編成であった。装甲列車の大半は蒸気機関車に牽引されるが、猪狩はこの列車の周囲にガソリンの排気を認めた。つまり日本陸軍の装甲列車としては例外的に、ガソリンエンジンで動いていることになる。

猪狩はドイツで各種兵器を見学しているときに、そういう装甲列車を見せられたことがあった。列車そのものはチェコ製らしい。

ガソリンエンジンで発電機を動かし、その動力でモーター移動する構造だった。この装甲列車も、もともと関東軍のものではなく、おそらくは国民党軍か軍閥との戦闘で鹵獲《ろかく》したヨーロッパ製の装甲列車と思われた。

確かに鉄道の警備なら、大名行列のような大型装甲列車より、三両編成くらいの方が小回りが利いて扱いやすいだろう。

おそらくエンジンを搭載している動力車は猪狩から見て最後尾で、先頭である一両目には七・七ミリ機銃二丁を装備した砲塔が見える。車体側面には銃眼らしい穴も見えていた。二両目には車体上部に小さな砲塔があり、大砲ではなく機銃の銃身が上を向いている。対空防御火器なのだろう。航空機が脅威という設計思想なら、比較的近年に製造されたものかもしれない。

ただ全体的に急造された印象もある。それは、三両の装甲貨車のデザインが微妙に違っている点だ。動力車は溶接構造らしいが、一両目と二両目はリベットで組み立てられている。しかも、この二両のリベットの打ち方も違っている。

どうも一両目は、無蓋貨車を大急ぎで装甲で囲ったようにも見えた。砲塔付きの箱が乗っているという印象である。

ただ猪狩は、それよりも不思議なことに気がついた。満鉄の警護総隊は幾つかの分署を持っているが、一番近いのはハイラルだったはずだ。滝沢もそう名乗っている。

しかし、ハイラルは既に通過した町だ。装甲列車が後ろから追跡するのではなく、前方で待っているというのは辻褄が合わない。

「彼ら、本当にハイラルから来たのか？」

入江もこの点には違和感を持ったようだが、小声で「猪狩さんは彼らに逆らわないで」とだけ告げられる。

今のいままで、入江は例の四発陸攻がらみの件で、自分を監視するためにモスクワから乗ってきたと思っていた。

だが、それはいささか自意識過剰だったのかもしれない。入江こそがモスクワから逃げなければならない事情があり、何とか満洲まで逃げ延びたところで、警備総隊の兵士に身柄を拘束された。あるいは拘束ではなく、これは保護なのか？

入江が何かと猪狩のことを聞きたがったのも、例の爆撃機の話よりも、彼が敵か味方かを確認するためだったのか？

装甲列車に近づくと、それが結構、不思議な構造なのがわかった。無蓋貨車に鉄の箱が載っているという印象は外れてなかったが、載っているのは鉄の箱ではなく、箱のような装甲車だった。

タイヤを守るための鉄板で囲われていたので見えなかっただけで、無蓋貨車に装甲車を載せて、装甲列車としているわけだ。なるほど現場で装甲列車が必要なら、こうして作り上げる方法もあるか。

ただ装甲車は日本軍のものではなく、やはり鹵獲したものを利用していると思われた。入江は三両の中では一番大きな二両目の貨車に案内され、猪狩もそれに続いた。

そこにはさらに三人の関東軍らしい兵士がいた。猪狩が入ると、後ろの鉄扉が閉められ、装甲列車は東に向かって進み始める。

そして、車内の三人に労《いた》わられる入江とは対照的に、猪狩は鞄から財布まで、全てを取り上げられた。

「何をする！」

抗議する猪狩は、近くの木製の粗末な椅子に力ずくで座らされる。椅子は装甲貨車の壁の中央に固定されている。その彼を車内の軍人たちが囲んでいる格好だ。

椅子が固定されている壁は、装甲貨車の進行方向側で、左手側に出入口がある。ドアの施錠はレバーで閂《かんぬき》を上げ下げする程度の簡単なものだが、それでも扉そのものは銃弾に耐えられるだけの厚さがあった。

「何をする、ですか。それこそ、我々が猪狩さんから伺いたい話ですよ」

どうやら車内のボスらしい小太りの軍人が、口調だけは丁寧に、猪狩の真正面に椅子を置き、足を開いて向かい合う。入江が「古田さん云々」と小声で何か言った。階級は肩章から判断して、中佐らしい。

入江と滝沢は猪狩を威嚇するように古田の後ろに立っているが、親分を守る手下という印象を猪狩は受けた。

猪狩は車内を見廻し、脱出口を探す。壁から張り出した文机のようなものと、電話機があり、反対側の壁には小銃がかけられるようになっていた。数は六丁だ。左右の壁には三つずつ銃丸があるが、軽機関銃はない。

猪狩が脱出に考えたのは、天井にある対空機銃座だが、砲塔と一緒に旋回する椅子があるだけで、砲塔のハッチから外に出るのは現実的ではなさそうだ。

どうやら自力脱出は難しい。先ほどの歩兵二人は小銃を構えている。間違いなく、すでに実弾を装填しているだろう。それだけを一瞬で判断し、猪狩は抗議する。

「私は、単なる商事会社の人間だ！」

だが、その程度の抗議に、古田は動じない。顔だけは笑顔でこう切り返す。

「いやはや、昨今は世の中も物騒で、自分は民間人なので何も存じませんと言いつつ、懐に剣呑《けんのん》な持ち物を隠しておる御仁も珍しくない。

例えば元禄通商は表向き貿易会社ですが、その正体は海軍のために重要資源を確保する会社である。

ことほど左様に、あげた看板を鵜呑みにすれば、痛い目に遭わないとも限りません」

「あぁ、そうですか。弊社が海軍の仕事をしていたとは……」

「ご自分の勤務先が何をしているか、ご存じなかったと？　さぁ、それを信じるのはなかなか難しいですなぁ。猪狩周一さんは京都帝大で国際政治学を学ばれ、講師にまでなられたのに、なぜか元禄通商に入社された。

人生の進路を変えるのは、人それぞれではありますが、しかし、帝大卒の俊英が、自分の会社の事業をご存じないとは、いささか世間を舐めていらっしゃるのでは」

だらしなく太っているようでいて、古田の目は冷徹な光を放っていた。この男が何を目的としているかはわからないが、少なくとも猪狩について調べられる範囲のことは調べきっているらしい。

「なるほど。あなたとここで世間話をいつまでも続けてはいられないようだ。

それで、私はどこで処刑されるのかな？」

猪狩は、古田が自分を処刑するとは思っていない。そんな意図があれば、機会はモスクワからの旅程の中で何度でもあった。寝台の窓から放り投げるなりなんなり、手段はいくらでもあるだろう。

ただ、処刑という強い言葉に古田がどう反応するか、それを確認したかったのだ。

「猪狩さんは処刑されるようなことを、何かなさったんですか？」

やはり古田は食えない人間だった。そして続ける。

「小職など所詮は使いっ走り、上の命令で動くだけの冴えない軍人です。ただ、処刑せよという命令はありませんから、自分が猪狩さんを処刑することはできません」

「命令があればするのか？」

「命令があれば」

猪狩は、この古田という男に味方という幻想は微塵も抱いていなかったが、一方で自分によく似たタイプの人間であるという印象は強まるばかりだった。

「命令があったとしても、不法に人を殺しては駄目だろう」

「不法な命令でも、軍人は上官の命令に従わなければならないと定めております。まぁ、命令を受けた側が上官に疑義を唱えることはできなくはありませんが、それでもと言われれば自分たちに拒否することはできませんな」

「脅しかね？」

「まさか、処刑を言い出したのは猪狩さんじゃないですか」

どうもこの古田という奴は扱いにくい。鈍そうに見えて、かなり頭の回転も速い。

「率直に尋ねよう。私に何を求めている？」

猪狩が腹を括ったことがわかったのか、古田も椅子に座り直す。

「我々としては、米内内閣を倒せるような情報が欲しい」

猪狩も、陸軍軍人より真正面からこんな話を聞かされるとは思わなかった。

米内内閣が陸軍強硬派から恨みを買っているのはわかっていたが、装甲列車まで持ち出して、倒閣工作を進めているとは思わなかった。

「古田さんと呼ばせていただいていいかな？」

「自分は古田岳史ですが、まぁ、古田で構いません」

「では、古田さん。あなたの言う我々とは何者か？　その詮索は控えましょう。ただ、日本人として尋ねたい。日華事変さえ解決の糸口が見えていない状況で、あなたは日本をさらなる戦争に駆り立てるのが正しいとお考えか？　あなたほどの人物なら、それが一国を滅しかねない愚挙であるとは思わないか？」

それに対する古田の表情は、猪狩にも読み取れなかった。イエス・ノーでは割り切れない陰影が、そこにはあった。

「あなたが一人の日本人として尋ねるなら、私も古田岳史として答えましょう。あなたは陸軍が戦争を望んでいると誤解しているようだが、陸軍の多くは戦争など望んでいないし、現下の事変も早急に解決したい。日華事変など、本来する必要のない紛争だ。我々はソ連に備えねばならんのだ」

陸軍の仮想敵がソ連であるため、日華事変は無意味な紛争と解釈している陸軍勢力があるのは猪狩も知っていた。古田もそうした立場であるようだ。それは猪狩にも納得できた。

「ここで誤解をもうひとつ解くならば、米内内閣を倒せる情報を掌握することは、倒閣運動とはイコールじゃない。

単純に米内内閣支持では、物事は海軍ベースで進んでしまうだろう。それで英米との戦争が回避できたとしても、すべてが海軍主導というのもまた国の進路を誤るものではないのか？

陸軍軍人として、自分は陸軍が無謬《むびゅう》でも、完全であるとも思っていない。人間のすることに誤りはある。

だが、同じことは海軍にも言える。すべてが海軍主導では海軍が間違った時、何人《なんぴと》もそれを止められなくなる。

海軍が陸軍の暴走を抑止し、陸軍が海軍の暴走を諌《いさ》める。それこそが究極的に国の進路を正すことだと私は信じておる」

「だから海軍の暴走を抑止するための道具として、米内内閣を倒せる情報を手に入れておきたいわけですか」

古田が「自分」という軍隊式ではなく、「私」と言い換えたのは、彼なりに公私のケジメをつけたことを示そうとしたのだろう。

古田の考えは、猪狩にも理解できた。また彼が信頼できる人間であることも納得がいった。

猪狩とて多くの軍人と会っている。人は善悪で綺麗に二分できる存在ではない。完全な善人もいなければ、完璧な悪人もいない。それでも器量の差はある。

軍人に限らないかもしれないが、公僕と言われる人々の大半は、自分の立身出世のために仕事に励んでいる。だが、それ故に社会の存在を忘れているというのも短絡である。

彼らは自分の利益と国益が一致すると信じているから、仕事に疑問を持たないし、ある部分でそれは間違いではない。どんな職種でも技量の高い人間が増えれば、組織の能力も上がるし、それは社会にも還元されよう。

一方で、少数だが自分の利益よりも社会の利益を優先しようとする人間もいる。言ってしまえば猪狩もそう自負している。そんな猪狩だからこそ、古田の言葉の選び方や論の進め方に、自分と同質な人間の姿を見るのだ。

自分の見識が間違っていないなら、古田中佐は私利私欲を求めていない。本当に国のために働こうと思っている。

だからこそ鹵獲した装甲列車まで持ち出せたのだ。いざとなれば自分が責任を取る。それが明らかだからこそ、関東軍上層部も古田に自由裁量を与えているのだろう。

「中佐のお考えはよくわかりました」

猪狩は古田を個人名ではなく、階級名で呼んだ。古田の表情に落胆の色と当惑が一瞬見えたのは、彼もまた猪狩に自分と同じものを見たためだろう。

「協力は願えないと？　この古田を信じていただけませんか？」

「人間としての古田岳史を私は信じます」

その返事で古田はすべてを理解したらしい。

「だが、軍人としての古田は信じられないと？」

「それは少し違います。古田中佐もまた、軍人として信に足る人物でしょう」

「では、何が問題です？」

「まさにあなたが軍人として信に足る人物である点です。あなたは、陸海軍が互いの暴走を抑制してゆくことが国の進む道とおっしゃった。だがあなたは大きな過ちを犯している」

「過ちと……？」

古田は本当にわからないらしい。それが猪狩には悲しかった。

「日本は陸軍や海軍だけのものではない。軍人以外の多くの人間が生活している。そんな彼らの意思や希望を無視して、陸海軍だけの都合で日本の進路を決めようというのは独善でしかない。

政府とは本来軍部とは無関係な存在です。さらに明治憲法において陸海軍の軍令機関は特別な地位にある。だからこそ軍部は自身の独善に自覚的でなければならない。

陸海軍の思惑だけで、倒閣運動の是非を論じても、ましてや政争の道具にしてはいかんのです」

猪狩の話に、今度は古田が悲しい表情を見せた。

「猪狩さんほどの人が、日本の現状がわからんのですか？　軍部こそが世俗に超越した立場で、社会規範とならねばならんのです」

その場で古田のやるせない気持ちを理解できたのは、自分だけだろうと猪狩は思った。おそらく古田は海外での生活経験があるのだろう。帰国子女なのか、駐在武官経験かはわからないが、外国で生活したことがあるはずだ。

彼の理念は、軍の将校には社会から特権が与えられている、故に軍の将校は市民の模範にならねばならないという、欧米の市民社会の価値観だ。海外を飛び回っている猪狩にはそれがわかる。

だから古田は単純に軍部の優越を言っているわけではない。彼は立身出世主義の軍部を含め、社会改革を考えているのだ。彼の考える特権は、だから社会規範となるべき理想の軍人の姿と不可分なのだ。そして国民もそうした軍人に感化されるのだと。

おそらく古田自身は、その理想に近い軍人なのかもしれない。問題は、古田が思っているよりも、彼の価値観は日本軍では少数派であるということだ。

理想の軍人のレベルまで国民のモラルを向上させようとする彼の考えは、成功するまい。なぜなら国民一般のモラル以上に軍人のモラルが期待できないからだ。軍人もまた国民に含まれるのだ。

「謀略を駆使して権力を掌握したとして、そんな軍部が社会規範になれるとお考えなのですか?」

古田が猪狩が思っているような人間なら、答えは予想できた。そして、彼の返事は予想通りだった。

「汚れ仕事は小職らが引き受けます。国が浄化されるなら、この古田、捨て石になる覚悟は士官学校時代からできております」

これだけの逸材が、どこで歯車が狂ったのか? 猪狩にはそれがわからない。だが、おそらく古田もまた、猪狩に対して歯車の狂いを感じているだろう。

結局のところ、古田が猪狩に何を尋ねたいのかはわからない。古田も正確には把握していないのかもしれない。それでもブレーントラストの情報だけで、この男なら米内政権を揺さぶれるのではないか。

「やはり処刑を覚悟しないとなりませんか」

「猪狩さん、どうしてそう死のうと考えるのですか？」

「私も転向はしたくないし、拷問は痛いから嫌です。なら選択肢は他にないでしょう」

「自分はあなたを殺したくはない。拷問すれば、あなたは廃人になるまで耐えそうだ。でも、廃人では困る。自分はあなたに我々の仲間になってほしいのだ」

「それができれば、お互い幸せですな」

猪狩の言葉に、古田は本当に悲しげな表情を見せた。国内外の情勢がもっと穏やかな時期であれば、自分は目の前の軍人と、意見の異なる生涯の友となれたのではないか。そんなことを猪狩は考えた。

装甲列車が予告なく急停車したのは、まさにその時だった。猪狩は進行方向の壁に椅子を固定していたから、急停車でも圧を感じる程度で済んだが、古田をはじめ車内の兵士たちは猪狩の方に投げ出されてしまった。

兵士たちは古田に折り重なるように倒れている。猪狩は椅子に縛られてはいない。すぐに立ち上がり、左手のドアの閂を外し、荷物は放置して外に出る。その時、床に転がっていた小銃も行きがけの駄賃で持ち出した。

おそらくは匪賊なりゲリラなりが線路を破壊するか何かしたのだろう。それが匪賊の類なら、護身用に小銃は必要だ。どこかの村に出て、満洲の仲間と連絡さえつけられれば、帰国は可能だ。

良くも悪くも、草原は夏草で覆われている。できるだけ遠くに移動すれば、古田たちからも匪賊からも逃げ切ることは可能だろう。

身を低くして、装甲列車を離れる。見れば一〇メートルほど手前に大きな爆発孔ができていた。爆発音が聞こえなかったのは、装甲された貨車の中にいたためか。

ふと空を見れば、かなり上空を飛行機が飛んでいる。迷彩が施されているためか、輪郭は空に溶け込んでわからないが、たぶん爆撃機だろう。

自分を捜索するための飛行機かと思ったが、それだと早すぎるし、捜索をしているならあの高度は高すぎる。

それよりも猪狩は、エンジン音で我に返った。前進できない装甲列車が後退したのかと思ったが違った。台車から装甲車が下ろされ、草原を走ってきたのだ。

装甲車はしばらく迷走していたが、砲塔から身を乗り出した兵士が周囲を確認する。それは滝沢だった。

「いたぞ！　右だ、追え！」

滝沢が猪狩を指差し、命令する。滝沢が装甲車の車長なら、古田は乗ってはいないだろう。

猪狩は小銃を構える。陸軍はすでに九九式小銃を正式採用していたが、現時点で部隊に配備されているのは三八式歩兵銃だ。

猪狩にとってはその方が都合がいい。長銃身で反動が少ない三八式の方が命中率が高いからだ。

猪狩が小銃で撃ってくる姿勢を見せると、滝沢も二丁ある七・七ミリ機銃の一丁で威嚇射撃を始めた。

しかし、猪狩は動じない。先ほどのやりとりで、古田は自分を殺すために装甲車を出したわけではないと確信していたからだ。

だが、銃弾の一つが猪狩の腕を掠《かす》めた。古田がどうあれ、滝沢は猪狩を殺しても構わないと考えているようだ。猪狩の価値など端《はな》から気にしていないかのようだ。

ならば猪狩も容赦はしない。これでも射撃には自信がある。時には武器の密売も行う元禄通商だ。売り物の銃火器ぐらい扱えなくてどうする。

装甲車で突進してくる滝沢に一発放つが、これは装甲車の車体に当たる。

すぐに猪狩は槓桿《こうかん》を動かし、二発目を撃つ。だが今度は装甲車に当たりさえしない。銃撃が激しくなったので、猪狩は場所を変えて、近くの窪みから三発目を撃つ。だが、装甲車にしか当たらない。

残弾を確認する。一発だ。五発装塡されていると思っていたが、すでに一発撃っていたらしい。

今までの三発は銃の癖を読むためのものだった。しかし、残り一発で当たるか？　自分の勘を信じて引き金を引く。それは滝沢に命中し、彼はそのまま砲塔の中に落ちてゆく。

車長が倒れたら装甲車は戻ると猪狩は思ったが、仇を討とうというのか、装甲車は速度をあげる。猪狩は小銃を捨てて走る。

こちらが発砲して相手を斃《たお》した以上、追いつかれれば好意的な扱いなど期待できない。なら逃げるだけ。弾を撃ち尽くした小銃も用はない。

装甲車の機銃は砲塔だけと思ったら、操縦席の隣にも装備されていたらしい。今度はそこから撃ってくる。

装甲車の視界が悪いのか、弾はなかなか命中しないが、距離が近づけば外すはずがない。それどころか、こちらを轢《ひ》き殺すこともできるのだ。

装甲車はしかし、全速力を出していない。自転車程度の速度で追ってくる。それが猪狩を逃げ回らせ、疲弊させ、苦しめようという意図なのは明らかだった。

手ぶらとはいえ、草原を走り回れば流石に体力の限界にも近づく。ついに足がもつれて倒れ込んでしまう。起き上がらねばと思うが、思うように力が入らない。

そうして装甲車は、ついに猪狩から一〇〇メートルまで迫ってきた。装甲車は銃撃を止め、速度をあげる。明らかに轢き殺そうとしている。

だが次の瞬間、大音響と共に、装甲車は爆発した。地面に倒れ込んでいる猪狩は幸いにも無事だったが、周辺には装甲車の破片が散っている。

猪狩が起き上がると、装甲列車はハイラル方面に引き上げていくところだった。しかし、何者が装甲車を破壊したのか？

上空からエンジン音が接近してくるのがわかった。どうやら先ほどの飛行機が降下しているらしい。すると装甲車を破壊したのは、上空の飛行機か？　だがあの高度で爆撃など成功するのか？

猪狩は、すぐにある事実を思い出す。ブレストの沖合にて、一撃で軍艦を撃沈した爆撃のことを。あの技術があれば、装甲車を狙って爆撃することも簡単ではないのか？　それどころか装甲列車を巻き込まないギリギリで、線路を上空から破壊することも。

飛行機が接近するのはわかったが、その方法もまた猪狩の想像を超えていた。飛行機とは滑走路を移動して、つまり水平に運動して離着陸するものだ。

だがこの飛行機は、垂直に降下している。最初は何が起きているかわからなかったが、高度が下がるにつれてわかってきた。

その飛行機は四発ではなく、プロペラが六基ある六発機で、普通なら前向きの主翼上のプロペラが、主翼ごと九〇度旋回し、上向きについているのだ。

つまり六個のプロペラの揚力で、その飛行機は垂直に降下しているのだ。六発だけあって機体も大きく、全幅は推定で五〇メートルはあるだろう。

それは接近するにつれて強烈な風を巻き散らし、そして猪狩から一〇〇メートルほど離れた地点に着陸した。

それでわかったが、プロペラは二重反転式になっており、六基のエンジンで一二枚が回転する構造であるらしい。主翼はプロペラごと上を向いているが、胴体の付け根部分を見ると、巡航中は普通の飛行機のように前向きになるようだ。

巨人機の機首、ちょうど操縦席の下あたりにあるドアが開いた。そこから三人の人物が降り立った。

「何っ！」

三人とも同じ服装で、イタリアを訪問した時の式典で目撃した、イタリア軍の空挺部隊の制服に似ていた。ただ三人の服装の色は白に近い灰色で、階級章の類もない。

三人のうちの二人は銃のようなものを持っており、並んで前進している。彼らが警護の兵士なら、後ろにいる一人が指揮官か。

「女？」

三人の国籍はよくわからないが、印象としてはアジア人の最大公約数みたいな風貌に思えた。そして指揮官らしい人物は、身体の輪郭から受ける印象では女性と思われた。

「猪狩周一さんですね？」

指揮官は、やはり女性のような声でそう尋ねた。

「いかにも猪狩だが」

「では、お迎えに参りました。このまま日本に向かいます。我らが空中戦艦へどうぞ」

「空中戦艦？」

「あまり深く考えないでください。空中戦艦とは便宜上の名称です。状況によっては空中巡洋艦なり空中駆逐艦なりに変更するかもしれません。

空中戦艦の速度を以《もっ》てすれば、今日中に日本に到着できます。猪狩さんも本国で報告すべきことが多いのではありませんか？」

「いかにも」

どうも状況の推移が早すぎる。ただこの空中戦艦が、追浜に着陸した四発陸攻やイギリス、ドイツに騒動を起こした大型機の仲間なのは間違いない。

危険は百も承知だが、いまこの空中戦艦に乗らないという手はない。ここに放置されれば関東軍に捕まるか、野垂れ死にするくらいしか先はないのだ。

「では、こちらへ」

指揮官は警護の兵とともに、空中戦艦へと歩いてゆく。猪狩はその後ろから声をかける。

「君らは何者だ！　日本に行って何をするつもりだ！」

指揮官は振り返る。

「大使館を設置に参ります。それには人材も機材も必要ですから」

「めぼしい国の大使館は、すでに日本には開設済みだが？」

「国ではありません、宇宙ですよ、猪狩さん」

指揮官は再び空中戦艦へと歩いてゆく。

「ちょっと待って、肝心なことを訊くのを忘れていた。君の名は？」

「オリオン花子です」

あとがき

十数年前に聞いた話。ある町で飲食店を経営している人が、休憩時間に従業員たちと散歩をしていたという。海に面した町で、背後には山がある。

その山から、ＵＦＯが海に向かって飛んでいったというのだ。その場の全員が目撃し、

「あれはＵＦＯに違いない」と興奮して店に戻ったという。

翌日、店に常連の老婦人がやってきた。昔は校長先生だという教養豊かな人物である。

彼女は言う。

「私ね、昨日、海岸を散歩していたら、山から人魂が飛んできたのを見たの」

時間も飛んでいった方角もその人が目撃したものと同じ。ただ彼らはＵＦＯと呼び、老婦人は人魂と呼んだ。

この目撃談の真偽のほどはともかく、興味深いのは同じ現象を目撃したのに、ＵＦＯと

いう概念がわかる人は、ＵＦＯと認識したのに対して、そうでない人は自分が知っている知識の中で人魂と表現したことだろう。

ちなみにこの目撃談、複数の人が同じものをそれぞれ異なる場所で目撃していたものの、「山から海に何か飛んで行った」以外は証言が全て違っていたのだが、それはとりあえずここでは触れない。

ファーストコンタクトを扱ったＳＦにも同様の問題がある。古典的な侵略ＳＦであるＨ・Ｇ・ウェルズの『宇宙戦争』の場合、主人公らが火星についての知識があり、侵略する側も火星からやってきたので、地球人側も侵略者について理解できた。

これがナポレオン戦争の時代なら、「森の向こうから化け物が現れた」以上の認識になることはまずないだろう。人類の大半は宇宙についてほとんど何も知らないためだ。

それで本作である。戦前日本の天文学は日本最古の天体写真儀であるブラッシャー天体写真儀が本格稼働（望遠鏡本体は専用架台が届く前に日蝕観測などに使われていた）を始めたのが一九〇五年頃であった。本格的な天体観測施設である国立天文台が三鷹に置かれたのが一九二四年、本作では一九四〇年に電波天文台が建設されているが、史実においてはそれが建設されるのは電波物理研究所（現在の通信情報研究機構）にて一九四九年に太陽フレアの電波受信に成功してからである。

これらはごく一部の動きではあるが、総じて日本の天文学に従事する研究者の数は少なかった。言い換えるなら、日本において天文学について深い知識を有する人間は限られた専門家だけとなろう。そうした状況で宇宙に関する重要事件の情報共有は、同じ人間同士でも容易ではない。それでも主人公たちは、その容易ではないことを進めてゆくしかない。

この物語は、つまりそういう話です。

本書は、書き下ろし作品です。

星系出雲の兵站（全4巻）

林　譲治

人類の播種船により植民された五星系文明。辺境の壱岐星系で人類外らしき衛星が発見された。非常事態に乗じ出雲星系のコンソーシアム艦隊は参謀本部の水神魁吾、軍務局の火伏礼二両大佐の壱岐派遣を決定、内政介入を企図する。壱岐政府筆頭執政官のタオ迫水はそれに対抗し、主権確保に奔走する。双方の政治的・軍事的思惑が入り乱れるなか、衛星の正体が判明する――新ミリタリーSFシリーズ開幕

ハヤカワ文庫

星系出雲の兵站―遠征―（全5巻）

林　譲治

人類コンソーシアムに突如届いた「敷島星系に文明あり」の報。発信源は、二〇〇年前の航路啓開船ノイエ・プラネットだった。報告を受けた出雲では、火伏礼二兵站監指揮のもと、バーキン大江少将を中心とする敷島方面艦隊の編組と機動要塞の建造が進んでいた。一方、ガイナス封鎖の要衝・奈落基地では、烏丸三樹夫司令官率いる調査チームがガイナスとの意思疎通の緒を探っていたが……。シリーズ第二部開幕！

ハヤカワ文庫

新・航空宇宙軍史

コロンビア・ゼロ

谷 甲州

〔日本SF大賞受賞作〕外惑星連合が航空宇宙軍に降伏した第一次外惑星動乱から四十年。タイタン、ガニメデ、木星大気圏など太陽系各地では、新たなる戦乱の予兆が胎動していた——。第二次外惑星動乱の開戦までを描く全七篇を収録した、宇宙ハードSFシリーズの金字塔、二十二年ぶりの最新作。解説／吉田隆一

ハヤカワ文庫

オービタル・クラウド（上・下）

藤井太洋

二〇二〇年、流れ星の発生を予測するウェブサイトを運営する木村和海は、イランが打ち上げたロケットブースターの二段目〈サフィール3〉が、大気圏内に落下することなく高度を上げていることに気づく。シェアオフィス仲間である天才的ITエンジニア沼田明利の協力を得て〈サフィール3〉のデータを解析する和海は、世界を揺るがすスペーステロ計画に巻き込まれる。日本SF大賞受賞作。

疾走！千マイル急行（上・下）

小川一水

名門中等院に通うテオは、文明国エイヴァリーの粋を集めた寝台列車・千マイル急行で旅に出た。父親と「本物の友達を作る」約束を交わして――だが途中、ルテニア軍の襲撃を受ける。装甲列車の活躍により危機を脱するも、祖国はすでに占領されていた。テオたちは救援を求め東大陸の采陽《サイヨー》を目指す決意をするが、苦難の旅程は始まったばかりだった。小川一水の描く「陸」の名作。　解説／鈴木力

象《かたど》られた力

飛 浩隆

謎の消失を遂げた惑星〝百合洋〟。イコノグラファーのクドウ圓《ヒトミ》はその言語体系に秘められた〝見えない図形〟の解明を依頼される。だがそれは、世界認識を介した恐るべき災厄の先触れにすぎなかった……異星社会を舞台に〝かたち〟と〝ちから〟の相克を描いた表題作、双子の天才ピアニストをめぐる生と死の二重奏の物語「デュオ」など全四篇の傑作集。第二十六回日本SF大賞受賞作

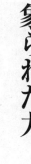

華竜の宮（上・下）

上田早夕里

海底隆起で多くの陸地が水没した25世紀。陸上民はわずかな土地と海上都市で高度な情報社会を維持し、海上民は〈魚舟〉と呼ばれる生物船を駆り生活していた。青澄誠司は日本の外交官としてさまざまな組織と共存するために交渉を重ねてきたが、この星が近い将来再度もたらす過酷な試練は、彼の理念とあらゆる生命の運命を根底から脅かす――。第32回日本SF大賞受賞作。　解説／渡邊利道

ゲームの王国（上・下）

小川 哲

〈日本SF大賞・山本周五郎賞受賞作〉ポル・ポトの隠し子とされるソリヤ、貧村に生まれた天賦の智性を持つムイタック。運命と偶然に導かれたふたりは、一九七五年のカンボジア、バタンバンで出会った。テロル、虐殺、不条理を主題とした規格外のＳＦ巨篇。解説／橋本輝幸

錬金術師の密室

紺野天龍

アスタルト王国の錬金術師テレサと青年軍人エミリアは、稀代の錬金術師フェルディナント三世が実現した不老不死の公開式に赴いた。だが式前夜、三世の死体が三重密室で発見され、テレサらに容疑がかかる。処刑までの期限が迫る中、二人は事件の謎を解き明かせるか？　鮮烈な論理が冴えるファンタジー×ミステリ

revisions 時間SFアンソロジー

大森望編

突如、渋谷の街とともに三百年以上先の時代へと転送されてしまった高校生たちの運命を描く話題のSFアニメ「revisionsリヴィジョンズ」。同様に、奔放なアイデアと冷徹な論理で驚愕のヴィジョンを体感させる時間SF短篇の数々——C・L・ムーア「ヴィンテージ・シーズン」から、津原泰水「五色の舟」まで全6篇収録。

著者略歴　1962年生，作家　著書『ウロボロスの波動』『ストリンガーの沈黙』『ファントマは哭く』『記憶汚染』『進化の設計者』『星系出雲の兵站』（以上早川書房刊）他多数

HM=Hayakawa Mystery
SF=Science Fiction
JA=Japanese Author
NV=Novel
NF=Nonfiction
FT=Fantasy

大日本帝国《だいにほんていこく》の銀河《ぎんが》 1

〈JA1464〉

二〇二一年一月十五日　発行
二〇二一年一月十五日　二刷

（定価はカバーに表示してあります）

著者　林《はやし》　譲《じょう》　治《じ》
発行者　早川　浩
印刷者　西村文孝
発行所　株式会社　早川書房

郵便番号　一〇一 - 〇〇四六
東京都千代田区神田多町二ノ二
電話　〇三 - 三二五二 - 三一一一
振替　〇〇一六〇 - 三 - 四七七九九
https://www.hayakawa-online.co.jp

乱丁・落丁本は小社制作部宛お送り下さい。
送料小社負担にてお取りかえいたします。

印刷・精文堂印刷株式会社　製本・株式会社フォーネット社

ISBN978-4-15-031464-4 C0193

本書は活字が大きく読みやすい〈トールサイズ〉です。